세상을 보는 지혜

세상을 보는 지혜

초판 1쇄 발행 2020년 2월 5일
초판 5쇄 발행 2025년 4월 14일

지은이 발타자르 그라시안
엮은이 아르투어 쇼펜하우어
옮긴이 하소연
펴낸이 남기성

펴낸곳 주식회사 자화상
인쇄,제작 데이타링크
출판사등록 신고번호 제 2016—000312호
주소 경기도 고양시 덕양구 꽃마을로 34, 1006호,1007호(향동동, DMC스타팰리스)
대표전화 (070) 7555—9653
이메일 sung0278@naver.com

ISBN 979-11-90298-47-6 03850

세상을 보는 지혜

발타자르 그라시안 지음 | 아르투어 쇼펜하우어 엮음

자화상

차례

I.

오늘날은 모든 것이 정점頂點에 닿아 있다. 그중에서도 자기주장을 관철하는 기술은 최고에 달해 있다. 오늘날 한 사람의 현인賢人은 옛날 일곱의 현인이 가졌던 것보다 더 많은 지식을 갖고 있다. 따라서 그 옛날에 한 민족을 다스리는 일보다 오늘날 한 사람을 다루는 데 더 많은 정성이 요구되는 것이다.

2.

심장과 머리는 우리 감성의 양극점이다. 서로가 다른 한 쪽 없이는 행복을 느낄 수 없다. 이성理性이 도달하지 않는 자리에 필요한 것이 감성이다. 어리석은 자의 불행은 재산, 관직, 신분을 관리하고 사람들과 교제할 때 자신의 마음을 온전히 전달하지 못하는 데서 시작된다.

3.

지식은 용기가 뒷받침될 때 위대한 불멸을 낳는다. 그
자체가 불멸이기 때문이다. 보통 사람은 자기가 아는 만
큼만 할 수 있지만 현인은 모든 것을 할 수 있다. 무지한
인간은 암흑 속에 있다. 성찰과 의지의 관계는 눈과 손의
관계와 같다. 용기 없는 지식은 열매를 맺지 못한다.

4.

자신의 의도를 드러내지 마라. 새로운 것을 보고 경탄하는 것은 이미 그 가치를 평가하는 것과 같다. 공개된 카드로 하는 게임은 유쾌하지도 유리하지도 않다. 자신의 의도를 곧바로 밝히지 마라. 숨겨진 무언가는 사람들의 기대감을 고조시킨다. 특히 지위가 높아서 일반 사람들에게 관심의 대상이 될 때는 더욱 그렇다. 모든 일에 뭔가 비밀스러움이 엿보이게 하여 그것이 지닌 폐쇄성으로 경외심을 불러일으켜라. 자신을 드러낼 때조차도 평범한 모습은 피하라. 교제할 때도 내면을 모두 열어 보이지 마라.

침묵은 지혜의 성역聖域이다. 이미 입 밖으로 나온 의도는 결코 높이 평가될 수 없고 오히려 비난의 꼬투리를 주는 일이 될 수도 있다. 결과가 좋지 않으면 그 불행은 배가 된다. 그러하니 섭리를 만든 신神처럼 자신의 의도를 감추라. 사람들로 하여금 추측케 하고 불안하게 하라.

5.

상대의 의타심을 굳혀라. 우상偶像을 만들어내는 자는 도금장이가 아니라 숭배자다. 현명한 자는 사람들이 고마워하기보다는 필요로 하기를 바란다. 사람들을 희망希望의 울타리 안에 가둘 수 있는 것은 노련한 현자의 기술이며, 사람들의 칭찬에 만족하는 것은 치졸한 범인의 소견이다. 후자는 잊히기 쉬우나 전자는 기억에 남는다.

사람들의 본성은 감사할 때보다 의존할 때 더 많은 것을 갈구한다. 갈증이 가시면 샘에서 등을 돌린다. 마치 사과를 다 먹은 뒤 흙 속으로 던져버리듯, 더 이상 의존할 필요가 없을 때 화합도 끝나고 존경심도 사라진다. 그러니 희망을 갖되 결코 희망만으로 채워선 안 된다는 것이다. 항상 다른 사람에게 필요한 존재가 되어라. 그대 주인이 왕이라 해도 그에게 없어서는 안 될 존재여야 한다.

6.

완전하게 태어나는 사람은 없다. 그러하니 묵묵히 자기완성에 도전하라. 매일 인격을 닦고 소명召命을 다해야 한다. 모든 능력의 발휘와, 뛰어난 성품이 발전하여 자기완성에 도달할 때까지. 생각이 맑아지고, 판단이 성숙해지고, 고상한 취미에 젖고, 의지가 굳어질 때, 차츰차츰 자기 자신의 진짜 모습을 느끼게 될 것이다.

7.

윗사람을 능가하려는 것은 매우 어리석은 짓이다. 뛰어난 모든 것은 미움받기 마련이다. 자기 윗사람을 능가하려는 것은 미련한 운명의 장난일 뿐이다. 언제나 뛰어난 것은 미움을 받는다. 더욱 뛰어나면 더 미움받는다. 그러니 신중한 사람이라면 속물들이 자랑 삼아 내세우는 장점을 감출 것이다. 허술한 옷차림으로 감출 것이다. 그러니 쉬이 누군가를 능가하려는 행동은 위험하다. 행운이나 정서에 관해서는 양보할지 몰라도 지적인 것에서 양보할 사람은 드물기 때문이다.

8.

열정을 다스려라. 열정은 위대한 지성의 속성이다. 그 뛰어남은 일반의 감명을 산다. 자신과 자신의 열정을 다스리는 것은 위엄 있는 일이다. 이는 자유의지의 승리다. 하지만 열정이 사람을 지배하더라도 그가 하는 일까지 지배당해서는 안 될 것이다. 불쾌한 일을 피해 지름길로 가 명망을 잡는 것이야말로 아주 고상한 방법이다.

9.

국가적 과실을 감춰라. 교육 수준이 아무리 높은 국민이라도 이웃 나라에게 비난받을 일이 전혀 없을 수는 없다. 이웃 나라들은 자기들을 스스로의 과실로부터 보호하거나 다른 나라의 과실로 위로받으려 한다. 국민의 그러한 결점 자체를 개선하거나 감추는 것은 매우 훌륭한 수완이다. 그러면 누구에게나 훌륭한 평판을 얻을 수 있다. 개인의 경우에도 마찬가지다. 약점을 감춰라. 이것이 억제되지 않고 쌓이면 견딜 수 없는 괴로움을 낳는다.

IO.

행복과 명성. 행복은 일시적이지만 명성은 지속적이다. 현세를 위한 것이고, 후세를 위한 것이다. 행복은 갈망하는 것이고 명성은 획득하는 것이다. 명성에 대한 소망은 그 가치에서 우러나온다. 명성의 여신은 거인들의 자매다.* 이 여신은 언제나 특출하고 기괴한 것, 이상하거나 혐오스러운 것 또는 갈채의 대상이 되는 것과 동행한다.

---

* 명성은 고대 그리스 신화에서 여신(Fama)으로 의인화되었다. 로마 시인 베르질은 이 여신이 머리를 구름 속에 감춘 채 땅 위를 걷는 것으로 묘사하고 있다.

II.

배울 것이 있는 자와 사귀어라. 우정 어린 교제는 지식의 학교이며 즐거움이 있는 가르침이다. 자신의 친구를 스승으로 삼아 배움과 즐거움을 얻도록 하라. 우리를 다른 사람에게로 이끄는 것은 대개 우리 자신의 관심사다. 신중한 사람은 허영에 들뜬 화려한 궁전보다 위대함의 산실인 노련한 학자의 집을 종종 방문한다. 여기에는 처세술로 명성을 떨친 사람들이 있다.

이들은 자신이 본보기가 되고, 그들이 말하는 위대한 예언과 그들이 사귀는 사람들 그리고 그들을 둘러싼 식자들로 인해 온갖 훌륭하고 고귀한 지혜의 터전을 닦고 있는 것이다.

12.

자연과 예술. 자연은 재료이고 예술은 작품이다. 어떠한 아름다움도 가꾸지 않으면 존속할 수 없고, 어떠한 완전함도 예술에 의해 다듬지 않으면 야만적인 것으로 퇴보한다. 예술은 추한 것을 거르고 아름다운 것을 완성하는 것이다. 자연은 그 자체가 우리에게 최선의 상태이고, 우리는 예술 속에서 그 완성을 추구한다.

완벽한 것도 방임하면 부족한 것이 되고 마는 것처럼 예술 없이는 최고의 재능도 가꿔질 수가 없다. 예컨대 인간도 인위적 교육 없이는 거칠고 미천해지기 마련이다. 그러므로 완성을 위해서는 반드시 연마가 필요한 법이다.

13.

실체와 형상. 실체의 '본질'만으로는 충분하지 못하다. 그에 부수적으로 따르는 '형상'이 필요한 것이다. 아름다운 행동과 바른 태도는 실체의 표출이며, 형상화되는 모든 것의 표현은 그것의 훌륭한 보조 역할을 한다.

I4.

　당신의 감정을 때로는 간접적으로, 때로는 직접적으로
나타내라. 인간의 삶은 곧 인간적 사악함과의 투쟁이다.
지혜는 의도하는 전법대로 인간을 이끈다. 지혜는 그것
이 사칭하는 것을 속임수로 삼을 뿐 결코 목표로 삼지 않
으며, 수완으로 허세를 부리고 실제로 나중에는 뭔가 예
기치 않았던 것을 나타낸다.

　지혜는 자신의 의도를 늘 감추려 한다. 적의 관심을 딴
데로 돌리고자 거짓 의도를 드러내고, 돌아서서는 아무
도 생각하지 못했던 것을 통해 승리에 이른다. 그러나 또
앞서 예리한 주의력으로 교묘히 숙고하고 염탐한다. 지
혜는 늘 사람들 마음의 이면을 파악하고 일부러 거짓 표
정을 짓기도 한다.

　첫 번째 암시는 그냥 보내고 두 번째, 세 번째 암시를
기다린다. 그럴 때 거짓은 위장에 치장을 더해 기승을 부
리고 더욱이 진실 자체를 이용해서까지 속이려 한다. 또
술책을 바꾸려고 의도도 바꾼다.

　그리하여 실체를 허상처럼 보이게 한다. 견고한 솔직
함에 속임수가 들어 있는 것이다. 그러나 깨어 있는 지혜
는 망을 본다. 그 예리한 눈빛으로 빛 속에 숨겨진 암흑

을 찾아낸다. 그리고 솔직하게 보이면 보일수록 더욱 기만적이었던 그 의도를 남김없이 밝혀낸다. 이처럼 사악한 피톤*은 사물을 꿰뚫는 아폴론의 태양빛에 대적한다.

* 피톤(Python). 그리스 신화에 나오는 용. 태양신 아폴론에 의해 죽임을 당한다.

15.

    도움이 되는 사람을 확보하라. 권력자들의 행운은 남다른 통찰력의 사람들과 어울리는 데 있다. 그들은 권력자들을 무지無知의 위험에서 지켜주기 때문이다. 권력자들이 이들을 신하로 삼을 수 있다면 금상첨화일 것이다. 나보다 우월한 자를 인위적으로 나의 신하로 만들 수 있다면 이는 인생 최고의 덕이다. 지식은 길고 인생은 짧다. 무식한 자는 인생을 살고 있는 것이 아니다. 그러니 힘 들이지 않고 전지全知한 자가 되기 위해 현인을 통해 공부하는 것은 현명한 일이다.

    그리하여 나중에 자신의 지식으로 여러 사람을 위해 많은 것을 말할 수 있으면 이는 타인의 노력을 빌려 자신이 예언자의 영예를 얻게 되는 것이다. 남에게 도움이 되는 지혜로운 자들은 교훈을 모아 그 지식의 정수精髓를 우리에게 펼쳐 보인다.

    그 현인들을 직접 신하로 만들 수 없을 때는 교제를 통해 그들의 도움을 구하라.

16.

통찰력과 정직한 의도. 이 두 가지만 겸비되면 모든 일이 잘 풀릴 수 있다. 아무리 분별력이 좋아도 나쁜 의지와 결탁하면 그 결과는 실패일 수밖에 없다. 사악한 의도는 완전성을 해치는 독소다. 그것이 지식과 합하면 우리를 파멸로 몰아넣을 수 있다. 분별없는 지식은 배로 어리석다.

17.

스타일에 변화를 줘라. 남들의 관심, 특히 적의 관심을 흐트러뜨리기 위해서는 가끔 모양을 바꿔야 한다. 같은 방향으로만 나는 새는 맞히기 쉬우나 방향을 바꾸는 새를 맞히기는 어렵다. 도박꾼은 결코 상대방이 원하는 패를 내놓지 않는다.

18.

근면과 재능. 이 두 가지가 결여된 사람을 사람다운 사람이라고 할 수 있을까. 두 가지를 다 겸비하면 이미 훌륭한 사람이다. 근면하면 근면하지 않은 사람보다 더 앞질러 나아갈 수 있다. 근면의 대가로 살 수 있는 것이 명성이다. 대가가 적으면 그 가치도 적다. 최고의 직위에서는 노력 부족 때문이지 재능이 부족해서 궁지에 몰린 사람은 별로 없다. 높은 지위에서의 이인자가 낮은 지위에서의 일인자보다 낫다는 것은 나름대로 변명이 된다. 그러나 높은 지위에서는 뛰어난 반면 낮은 지위에서 평범하게 머무는 데 만족한다면 이는 변명이 될 수 없다. 따라서 타고난 재능과 후천적인 노력은 똑같이 필요하다. 그리하여 그 양자를 보장해주는 것이 '근면'이다.

19.

상대가 지나치게 기대하게 하는 것은 금물이다. 유명한 것들이 불행해지는 것은 사람들이 그것들에 대해 갖는 지나친 환상을 유명한 것이 채우지 못하기 때문이다. 상상력은 소망과 결합되어 실제의 모습보다 더 많은 것을 상상해낸다. 아무리 탁월한 것이라도 부푼 선입견을 충족시킬 순 없다. 게다가 사람들은 그들의 허황된 기대에 못 미치면 칭찬보다는 오히려 비난의 화살을 쏘아댄다. 실제가 기대 이상이라면 더할 나위 없겠지만. 상대에게 무엇을 드러낼 때는 되도록 그 결과에 대해 위험하지 않은 정도에서만 기대를 불러일으켜라.

반면에 나쁜 일에서는 이 규칙이 거꾸로 적용된다. 왜냐하면 나쁜 것이 과장되면 사람들은 그것을 반대로 보고 싶어 하는데, 그렇게 되면 처음엔 아주 혐오스럽고 무서웠던 것도 정상적인 것으로 받아들이게 되기 때문이다.

20.

참다운 지식을 가진 사람이 돼라. 참지식인은 다독多讀으로 자신을 가꾼다. 시대의 유행에도 걸맞은 지식을 갖춘다. 평범한 방법이 아닌 비범한 방법으로. 현명한 자들은 적절한 때 사용하기 위해 기지와 지혜를 혀에 비축한다. 충고는 때로 진지함이 아닌 재치 있는 말로써 더 잘 나타낼 수 있으므로. 그리고 때로는 상식이 대학의 학문보다 더 많은 도움이 되기도 한다. 그 학문이 아무리 자유의 정신에 바탕을 둔 것이라 할지라도.

21.

행복은 그냥 오는 것이 아니다. 지혜로운 자에게는 모든 것이 우연으로 일어나지는 않는다. 노력이 행복을 뒷받침한다. 어떤 사람들은 행복의 여신의 문턱에 가서 문이 열리기를 기다리는 것만으로도 만족한다. 어떤 사람들은 영리함과 대담성으로 용기의 날개를 달고 행복의 여신 앞에 날아가 그녀의 은총을 얻어 온다. 그러나 제대로 철학을 해보면 미덕과 조심성의 길 외에 행복의 여신에게 이르는 길은 없다. 누구나 자기의 지혜만큼 행복하고, 지혜롭지 못한 만큼 불행하다.

22.

자기 시대에 맞는 사람이 돼라. 누구나 자기 시대에 맞는 삶을 사는 것은 아니다. 또 많은 사람이 자신에게 맞는 시대를 맞이했으나 그것을 이용하는 데까지는 미치지 못했다. 어떤 사람은 더 나은 시대에 적합한 인물이었다. 선善이 항상 승리하는 것은 아니다.

사물은 그에 맞는 시기가 있다. 최고의 미덕도 시대의 흐름을 타게 마련이다. 그러나 지혜로운 철학자에게는 한 가지 장점이 있다. 불멸不滅한다는 것이다. 만일 이 시대가 그대에게 맞지 않는다면 앞으로 그에게 맞는 다른 시대가 올 것이다.

23.

결점을 구태여 드러내지 말 것. 이는 완벽함을 위한 필수조건이다. 육체적으로나 정신적으로 전혀 결점이 없는 사람은 없다. 예컨대 사람들은 수용할 만한 인간적인 결점에 열렬히 환호하기도 한다. 그것들은 쉽게 치유할 수 있기 때문이다. 우리의 명성을 해치는 결점도 마찬가지다.

하지만 적의는 그 결점을 재빨리 발견해내고 좀처럼 그것을 잊지 않는다. 그리하여 자신의 결점을 그리 대단한 것이 아닌 것처럼 보이게 할 수 있다면 이는 뛰어난 수완이다. 시저는 자신의 결점을 월계관으로 가릴 줄 아는 위인이었다.

24.

　상상력을 다스려라. 상상력은 우리의 행복을 마음대로 조종할 수 있으며, 이성조차도 휘어잡을 수 있다. 상상력은 폭군처럼 권력을 휘두르기도 하고 하릴없이 관망하기도 한다. 만족할 줄 모르며 심지어는 우리 존재를 완전히 사로잡는다. 기쁨이나 슬픔에 몰아넣기도 하고, 만족하게도 하고 불만족하게도 한다. 어떤 사람에겐 늘 고통만을 주면서 우롱하고, 어떤 사람들에게는 미소와 함께 늘 행복과 낭만을 선사한다.

25.

　한때는 말을 잘하는 것이 기술 중의 기술이었다. 이제
는 그것으로 족하지 않다. 속임수를 피하기 위해서는 예
측할 수 있어야 한다. 마음 깊은 곳을 예측하고 의도를
알아채는 모사가謀事家들이 있다. 우리가 갈망하는 진실들
은 늘 절반만이 말로 표현된다. 주의 깊은 자만이 완전한
분별력으로 그것을 파악해낼 수 있다. 주의 깊은 자는 보
이는 모든 것에 대해서는 믿음의 고삐를 당기되, 보이지
않는 것에 대해서는 믿음에 박차를 가한다.

26.

　인간을 설득하는 기술을 연마하라. 상대의 의지를 움직이는 것은 하나의 기술이다. 먼저 어디서부터 사람의 마음에 접근할 수 있는지를 파악해야 한다. 모든 인간은 우상을 숭배하고 있다. 명예를 우상으로 받드는 자, 이익을 우상으로 받드는 자, 쾌락을 우상으로 받드는 자 등 다양하다. 개개인의 우상을 알아내 그것을 이용해 설득하는 것이 바로 기술이다. 상대를 움직이는 충동이 무엇인지를 알면 그의 의지를 움직이는 열쇠를 쥔 셈이다. 처음부터 상대방의 마음속으로 침투해야 한다. 먼저 자기감정을 가다듬어 한마디 자극을 주고, 마지막으로 상대방이 좋아하는 취향을 무기로 결정적인 공격을 가한다. 그러면 결코 그르치는 일 없이 상대방의 자유의지를 정복할 수 있다.

27.

외적인 것보다 내적인 것에 신중하라. 완성은 양보다 질에 있다. 뛰어난 것은 귀하고 드물며, 흔한 것은 그 가치가 가볍다. 사람들 사이에서도 거인은 대부분 진짜 난쟁이들이다. 외적인 것만 보면 결코 평범함을 넘어설 수 없다. 평범한 사람들의 고뇌는, 도처에 있으려 하다 보니 실은 어디에도 안주하지 못하는 데에서 발생한다. 반대로 특출한 것은 내적인 것에서 솟아난다. 그 본질이 고귀한 것이면 이는 족히 영웅적이다.

28.

　어느 것에도 대중적이지 마라. 첫째는 취향에서. 오, 위대한 현인들이여! 그들의 역작이 대중의 마음에 들면 얼마나 한심한 일인가. 대중의 갈채는 지혜로운 자에게는 결코 즐겁지 않다. 그러나 대중의 인기에 마음 쓰는 범인凡人들은 자신들의 기쁨을 부드러운 아폴론*의 숨결 속이 아니라 어리석은 대중의 숨결 속에서 느낀다. 둘째, 이성도 대중적이어서는 안 된다. 어리석은 대중의 경탄 속에서 만족을 찾지 마라. 대중의 무지無知는 놀라운 것 이상을 바라지 않는다. 어리석은 대중은 어떤 것을 보고 경탄하지만, 분별 있는 자는 그 속에 있는 속임수를 알아챈다.

---

* 아폴론(Apollon). 그리스 신화에 나오는 태양, 예언, 궁술, 음악, 의술, 시의 신.

29.

정의로운 사람이 돼라. 곧은 자는 항상 옳은 편에 선다. 대중의 열정도 전제군주의 무력도 그로 하여금 결코 정의의 경계를 넘도록 하지는 못한다. 그러나 누가 이 정의의 불사조인가. 이 정의를 진정으로 추종하는 사람들은 얼마 안 된다. 정직을 칭찬하는 사람은 많지만 자신들은 그렇지 못하다. 사람들은 위태로울 때까지 그것을 추종한다.

그러다가 위선자들에게 부인당하고 정치가들에게 배신당한다. 정의는 우정이든 권력이든 자신의 이익이든 고려하지 않기 때문이다. 바로 여기에서 정의는 거부당하는 위험에 처한다. 교활한 사람들은 더 높은 지위의 자들이나 국시國是에 어긋나지 않는 그럴듯한 형이상학으로 정의를 추상화시킨다. 그러나 자신에 대한 정직을 고집하는 사람은 어떤 속임수도 일종의 배신으로 간주한다. 그는 자신의 지혜보다는 굴하지 않는 자신의 견고한 정신에 더 가치를 둔다. 진리가 발견되는 곳에는 항상 정의가 있다.

만일 정의로운 사람이 어느 파에 대한 충성을 바꾸면 이는 그가 변절해서가 아니라 그 무리에서의 변덕 때문이다. 그 파는 사전에 이미 진리에서 떨어져 나간 것이다.

30.

명망을 해치는 일에 끼어들지 마라. 망상적인 일에는 더욱 그렇다. 그럴 경우 얻는 것은 명망보다는 경멸이다. 지혜로운 자들이 버린 것을 주워 그 특이함에 심취하는 괴상한 취향의 사람들이 있다. 그런 자들은 대중에게 알려지더라도 유명해지기보다는 조소의 대상이 되고 만다. 신중한 사람은 자신 있는 일에서는 남의 눈에 띄지 않게 하며, 특히 어떤 일로 자신을 조소의 대상으로 만드는 어리석은 짓은 더더욱 하지 않는다.

31.

행복한 자는 붙들고 불행한 자는 피하라. 대개 불행은 우둔함에 대한 벌이고, 그에 가세하는 사람에게 그보다 더 전염성이 짙은 병은 없다. 아무리 작은 재앙에도 틈을 보이면 안 된다. 민일 그러면 그 뒤로 곧 더 큰 재앙이 쏟아져 들어올 것이다.

32.

자비심을 가져라. 국가를 움직이는 사람은 자비심으로 국민의 존경을 사야 한다. 이는 지도자가 지녀야 할 마땅한 도리이며 그것으로 사람들의 호의를 입을 수 있다. 더 좋은 일을 많이 하라고 최고의 권력이 주어진 지도자에게 있어 '사람들의 호의를 입는다는 것'은 유일한 장점이다.

33.

자신의 욕구를 자제할 줄 알라. 거부할 줄 아는 것은 인생의 커다란 처세술이다. 더 중요한 처세술은 사업이나 인간관계에서 자신을 멀리할 줄 아는 것이다. 값비싼 시간을 좀먹는 하찮은 일거리들이 있다. 부당한 일에 열중하는 것은 아무 일도 않고 소일하는 것보다 더 나쁘다. 조심성 있는 사람에게는 주제를 넘지 않는 것만으로는 부족하다. 다른 사람들이 그에게 부당한 일을 강요하지 못하도록 유의해야 한다. 다른 모든 사람한테는 엄하되 자신한테 엄하지 못하면 안 된다.

마찬가지로 자기 쪽에서도 친구들을 악용하거나 그들이 허용하는 것 이상을 요구해서는 안 된다. 무엇이든 지나치면 과오를 범하게 된다. 사람들과의 교제에서는 특히 그렇다.

자신의 능력을 파악하라. 자신의 특출한 재능이 무엇인지를 알면 이를 가꾸고 또 다른 재능을 보완하라. 자신의 장점을 알고 가꾸면 특출한 사람이 될 것이다. 어떤 사람은 예능이 특출하고 어떤 사람은 운동에 특출하다. 그러나 대부분의 사람들은 타고난 자기들의 재능을 등한시해 그것을 빛내지 못한다.

35.

생각하라. 모든 우매한 자들은 생각하지 않기 때문에 파멸한다. 그들은 사물 속 본질의 절반도 보지 못한다. 게다가 그들의 노력은 어리석고 미미해서 자신에게 오는 피해나 이로운 점까지도 이해하지 못하는 까닭에 대수롭지 않은 일에도 큰 가치를 두고, 중요한 일은 경시하는 등 항상 거꾸로 생각한다. 그러한 사람들은 애당초 분별이 없기 때문에 그것을 잃을 염려도 없다.

영리한 자는 매사에 차이를 두고 생각해본다. 귀한 것을 발견할 전망이 있으면 더욱 몰두하여 깊이 파고든다. 때로는 거기에 자기가 생각한 것보다 더 많은 것이 있으리라고 예감한다. 그런 식의 숙고를 통해 처음에 감지한 것을 끝내 파악하게 된다.

36.

사물의 성숙 단계를 알아 그것을 즐겨라. 모든 사물은 자라면서 정상에 도달한다. 그 순간까지 그것들은 성장하고 그 후로는 조금씩 사그라든다. 완성되어 더 이상의 수정이 필요 없는 예술 작품들은 얼마 안 된다. 매사를 그 완성 단계에서 즐길 수 있다면 얼마나 좋을까. 누구나 할 수 있는 일이 아니며, 할 줄 아는 사람들도 그것을 다 이해하지 못한다. 정신의 열매에도 그러한 성숙의 단계가 있다. 그 가치를 알고 이행하기 위해서는 그 성숙함의 의미와 기쁨을 느끼는 것이 중요하다.

자신의 행복을 점검하라. 행동하기 위해서, 자신을 끌어들이기 위해서, 내 행복을 돌아보는 일은 자신의 기질을 관찰하는 것보다 더 중요하다. 자신의 행복을 가늠할 수 있다는 것은 큰 능력이기 때문이다. 때로는 기다려야 한다. 왜냐하면 인내에는 장점이 있으므로. 때로는 밀고 나가야 한다. 왜냐하면 행복에는 때가 있으므로. 이처럼 행복의 걸음걸이는 불규칙하여 균형 잡기가 쉽지 않다.

유리한 균형이면 곧장 전진하라. 행복은 모험적이고 용감한 자들 편에 서 있다. 또 행복은 아름다운 여성들처럼 젊은이를 사랑한다. 그러나 불행을 만나면 더 이상 아무것도 하지 말고 자신을 움츠려라. 이미 와 있는 불행 외에 또 다른 불행을 만나지 않도록 말이다.

38.

  승리했을 때 그 행운으로부터 떠나라. 고수의 도박사들은 늘 그렇게 한다. 멋있는 후퇴는 용감한 전진과 같은 가치가 있다. 자신의 승리가 충분하고 위대할 때 이를 안전히 지키고 위험을 막아야 한다. 오래 지속되는 행운은 불안한 것이다. 중단된 행운이 더 안전하며 그 맛도 달콤하다. 큰 행운의 은총은 종종 그 지속이 짧은 곳에 있다.

39.

빈정댈 줄 알라. 이는 대인 관계에 있어서 고도의 섬세한 기술이다. 상대를 시험하기 위해 종종 내뱉는 빈정거림은 상대의 마음을 가장 은밀하게, 동시에 가장 강력하고 효과적으로 시험할 수 있다. 빈정거림에는 사악하고 뻔뻔스러우며, 질투심의 독으로 오염되었거나 열정에 병든 것도 있다. 그전에는 어떤 음모나 대중의 미움에도 끄떡하지 않은 사람일지라도 그런 종류의 빈정거림에 한번 당하면 지위 고하를 막론하고 파멸하는 수가 있다. 정반대의 효과를 가져오는 빈정거림도 있다. 그러나 그 빈정거림이 가진 수완만큼 조심스럽게 그것을 파악하고 예상해야 한다. 왜냐하면 재앙을 알아야 그것을 방지할 수 있으며, 그전에 쏜 탄환은 과녁을 빗나갈 수 있기 때문이다.

40.

사람들의 호의를 사는 것은 대단한 일이다. 사람들의 사랑을 얻는 것은 더 대단한 일이다. 어떤 일은 자연에 의지하지만 어떤 일은 노력에 더 의지한다. 자연이 초석을 놓으면 인간은 노력을 이행한다. 뛰어난 능력은 전제될 수 있어도 노력에는 미치지 못한다. 남의 호의는 좋은 일을 하지 않고는 얻을 수 없다. 두 손을 벌려 좋은 일을 하라. 좋은 말을 하라. 그리고 행동은 더 좋게 하라. 사랑받기 위해 사랑하라. 정중한 예의는 위대한 사람들이 지닌 정치적 수완이다. 자신의 손을 먼저 성취할 일에 뻗치고, 그러고 나서 펜에 뻗쳐라. 그대에 관해 쓸 작가에게서 오는 호의도 생각하라. 이는 불멸하는 것이다.

41.

　과장은 금물. 중요한 대상에 대해 최상급으로 말하지 마라. 진리를 손상시키지 않기 위한 것이며 우리의 판단 가치를 떨어뜨리지 않기 위한 것이기도 하다. 칭찬은 호기심을 일으키고 욕구를 자극한다. 그러나 나중에는 그 가치가 그 대가에 상응하지 못한다. 그러면 기대에 실망한 자는 자신의 그 헛된 기대를 적으로 삼아 유명한 것과 그것을 칭찬하는 사람들을 하찮게 여김으로써 복수한다. 과장은 거짓과 흡사하다. 사람은 과장을 통해 좋은 취향의 평판을 소홀하기 쉽다. 이는 심각한 일이다. 그러나 남의 좋은 평판을 잃으면 이는 더욱 심각한 일이다.

42.

　타고난 통치력. 이는 탁월함을 보여주는 비밀스러운 힘이다. 이는 혐오스런 수단으로 얻어질 수 없으며 외경스러운 천성에서 우러나온다. 그럴 때 사람들은 자신도 모르게 그에게 굴복하며 그 숨겨진 자연적 권위를 시인한다. 이 뛰어난 정신은 왕王과 같은 가치, 사자獅子와 같은 우선권을 지닌다. 그들이 불러일으키는 경외심으로 그들은 사람들의 마음과 이성을 사로잡는다.

　그들에게 다른 능력도 주어졌다면 그들은 국가 체계를 움직여 갈 지렛대가 될 것이다. 그들은 다른 사람들이 일장연설로 얻는 효과보다 더 큰 효과를 표정 하나만으로도 얻을 수 있기 때문이다.

43.

위대한 인물들에게 공감하라. 위대한 인물들의 생애를 깊이 고심해보는 자세는 중요하다. 영웅들과 공감할 수 있다는 것은 나에게 영웅의 성품이 있기 때문이다. 여기에 바로 기적이 있다. 그 속에는 비밀스러움뿐 아니라 유용한 것도 있으므로, 그것은 마음과 기질을 서로 닮게 한다. 그 효과는 무지한 대중의 힘을 묘약의 힘으로 돌리는 효과만큼 크다.

이는 단지 공격하는 데 그치지 않고 호의와 애착까지 얻게 한다. 이는 말없이도 남을 설득하고 일한 대가가 아니어도 어떤 재물을 획득한다. 공감을 자기 것으로 만드는 것은 기적을 불러일으킨다.

44.

소수처럼 생각하고 다수처럼 말하라. 역류를 헤엄치려 하면 과오를 범하고 위험에 처하기 쉽다. 사람들은 누가 자기들 의견에서 벗어나면 이를 모욕으로 간주한다. 그리고 자기들 판단으로 저주를 내린다. 진리는 소수만을 위해 있고, 기만은 비천한 만큼 널리 퍼져 있다. 마찬가지로 시장에서 떠드는 자를 현자로 보진 않을 것이다. 그자는 자신의 목소리로 말하지 않고 일반인들의 우지愚知로 말하기 때문이다. 지혜로운 자는 내면에서는 거부하더라도 겉으로는 사람들의 반박을 피한다. 스스로 다른 사람의 반박받기를 피하듯 그의 내면에서는 질책해도 이를 표현하는 데는 신중하다.

생각은 자유다. 거기에는 어떤 간섭도 완력도 주어질 수 없다. 따라서 지혜로운 자는 침묵의 성역으로 몸을 감춘다. 가끔 그것을 소수의 이해자에게만 드러낼 뿐이다.

45.

예민하고 약삭빠르게 굴라. 능동적으로 빠르게 반응하는 자세는 중요하다. 그러나 이를 오용하여 우쭐대거나 그것을 암시하지 마라. 모든 기교적인 것은 의심받기 쉬우므로 은폐되어야 한다. 그렇지 않으면 미움받기 쉽다. 기만은 세력이 크지만 더불어 배로 의심받는다. 기만은 불신을 야기하고 감정을 상하게 하며, 복수를 일으키는 까닭이다. 내 능력의 맹신과 과용은 감히 누구도 생각하지 못했던 나쁜 일을 몰고 올지도 모른다.

46.

혐오감을 버려라. 우리는 상대의 성품을 제대로 알기도 전에 싫어해버리는 경우가 종종 있다. 이 타고난 천박한 반감은 아주 훌륭한 사람들에 대해서도 일어난다. 이는 지혜로 제지해야 한다. 왜냐하면 우리의 의중에서 나보다 더 나은 것을 혐오하는 것보다 더 나쁜 것은 없기 때문이다.

47·

자신에 대한 경외를 결코 잃지 마라. 나 자신을 경외할 것이며 스스로를 너무 값싸게 취급하지 마라. 탓할 것 없는 행실이 나의 규범이 되어야 한다. 어떠한 외부 규정보다 나 자신의 엄격한 판단이 우리에 대해 더 많은 것을 할 수 있어야 한다. 옳지 않은 일은 남의 시선이 두려워서가 아니라 나 자신의 통찰이 무서워서 그만두어야 한다. 나 자신을 두려워할 줄 알라. 그러면 세네카* 같은 가상의 궁신이 필요치 않을 것이다.

* 루치우스 아네우스 세네카(BC 4?~AD 65). 고대 로마의 정치가이자 스토아학파 철학자, 시인. 한때 로마의 유력한 정치가였다가 궁전 내의 암투에 희생되어 코르시카 섬에 유배되었다. 그 후 아그리피나 왕비에 의해 다시 발탁되어 그녀의 아들 네로의 교육을 위해 궁정으로 다시 돌아와 세력을 회복했다. 그러나 아그리피나 왕비가 아들 네로에 의해 살해되고 네로 황제가 폭군으로 등장함에 따라 스토아학파의 고귀하고 엄숙한 도덕론을 주장한 그 역시 네로의 눈밖에 나 결국 자살을 강요받았다. 그의 유명한 저서로는 『도덕적 서한』이 있다.

48.

명예의 결투를 삼가라. 이는 가장 주의할 일 중 하나다. 명예의 결투는 다른 더 나쁜 것을 불러온다. 그때 그 명예는 쉽게 손상될 수 있다. 자기의 성격 때문에 이런 종류의 의무를 쉽게 짊어지는 사람들이 있다. 그러나 이성理性이 있는 자는 깊이 숙고한다. 그는 어떤 일에 이기는 것보다 그 일에 끼어들지 않는 것에 더 큰 용기를 둔다. 우매한 사람들이 아무리 그를 부추겨도 그는 다른 사람이 되고 싶지 않다고 변명을 하며 발뺌을 한다.

49·

철저하고 심오한 자만이 하나의 역할을 훌륭하게 처리할 수 있다. 외면보다 내면에 더 많은 것이 담겨 있어야한다. 그러나 자재 부족으로 완성하지 못한 집처럼, 입구는 궁전 같으나 안은 헛간같이 외양만 번지르르한 사람들이 있다. 그런 사람들한테는 오래 머물러 있을 하등의 이유가 없다.

그들은 지루한 사람들이다. 그들은 일시적으로는 들뜬기분으로 허세를 부리며 등장한다. 하지만 생각의 샘이흐르지 않는 언어는 곧 고갈되고 마는 것처럼 침묵 속으로 가라앉고 만다.

50.

　통찰력과 판단력. 이 재능을 갖춘 사람은 사물에 지배 당하지 않고 스스로 사물을 다스릴 줄 안다. 상대를 이해 하고 그의 실체를 파악할 줄도 안다. 또한 섬세한 관찰을 통해 감춰진 내면을 해독할 줄도 안다. 그는 예리하게 주 시하고 철저하게 파악하고 올바르게 판단한다. 매사를 새롭게 발견하고 한층 높은 것으로 유도한다.

51.

　선택이 중요하다. 인생의 거의 전부가 이에 달려 있다. 거기에는 좋은 취향, 옳은 판단이 필요하다. 학식도 이성 도 거기엔 미치지 못한다. 선택 없는 완전함은 없다. 선 택은 그 자체 안에 힘을, 그것도 최선의 것을 선택할 힘 을 갖는다. 그러나 학식과 신중함이 뛰어난 사람들도 선 택의 기로에선 파멸하는 사람이 많다. 그들은 스스로 그 른 길을 가려는 듯 늘 최악의 것을 선택하곤 한다. 그러 니 올바른 선택의 재능이야말로 하늘이 내려준 가장 위 대한 재능 중 하나다.

52.

냉정을 잃지 마라. 냉정함을 유지하는 것은 자신을 격분시키지 않는 훌륭한 지혜다. 그러할 줄 아는 사람은 위대한 마음의 온전한 인간이다. 모든 위대한 것은 가볍게 움직이지 않는다. 자신의 완전한 주인이 되고 위대해져서, 어떤 행동, 어떤 불행에서도 격분하는 허점을 보이지 마라. 오히려 그런 것을 초월한 것처럼 보여 남들의 경탄을 불러일으키도록 해야 한다.

53.

이성과 행동. 이성으로 숙고한 것은 신속히 행동으로 이행하라. 우둔한 자들의 성급함이 아닌 오직, 나의 이성에서 출발한 것이어야 한다. 그들은 일의 어려움을 이해하지 못하기 때문에 예방책 없이 일을 저지른다. 반대로 지혜로운 자들은 몸을 지나치게 사리다가 일을 그르치곤 한다. 선견은 예방책을 낳는다.

그러나 행동력의 결핍은 때로 바른 판단의 결실을 그르친다. 신속은 행운의 어머니다. 내일로 일을 미루지 않는 사람은 이미 많은 것을 해낸 사람이다. 급할수록 천천히 하라는 말은 이미 제왕에 오른 자의 좌우명이다.

54.

용기를 가져라. 죽은 사자의 갈기는 토끼도 뜯을 수 있다. 거기에 용기는 필요 없다. 용기는 웃어넘길 것이 아니다. 처음 양보하면 두 번째도, 마지막까지도 양보해야 한다. 마지막에 이기기 위해 쓴 힘을 처음에 썼더라면 훨씬 더 효과적이었을 것이다.

정신의 용기는 육체의 힘을 능가한다. 정신은 피난처다. 정신적 약함은 육체적 약함보다 더 많은 것을 훼손시킨다. 능력이 뛰어난 사람도 정신이 결여되면 죽은 사람처럼 살고 무위無爲 속에 갇혀 생을 마감한다. 육체도 힘줄과 뼈를 가졌는데 하물며 정신도 단지 온순한 것만은 아니다.

55.

기다림을 배워라. 성급함에 휩쓸리지 않을 때 인내의 위대함이 드러난다. 사람은 먼저 자신의 주인이 되어야 한다. 그런 다음에야 타인에 관여할 수 있다. 기다림 끝에서 계절의 완성이 다가오고 감춰진 것을 또다시 무르익게 한다. 신은 우리를 회초리로 길들이지 않고 시간으로 길들인다. '시간과 나는 또 다른 시간, 그리고 또 다른 나와 겨루고 있다'*라는 위대한 말이 있다.

* 이 말은 스페인 왕 필립 2세가 한 것으로 전해진다.

56.

재치 있는 사람이 돼라. 사람들은 너무 많은 것을 생각하다가 끝내는 모든 것을 그르친다. 어떤 사람은 미리 숙고하지 않고도 모든 목표를 완성한다. 궁지에 몰려야 비로소 잘하는 진짜 천재들이 있다. 그들은 즉석에선 다 해내지만 길게 생각하면 아무것도 못하는 일종의 괴물들이다. 이처럼 충분한 시간이 아닌, 절박한 상황에서만 떠오르는 참신함도 있다.

57.

심사숙고를 거쳐 하는 일이 빠르고 안전하다. 금방 만든 것은 빠르게 없어질 수 있다. 그러나 영원히 지속될 것은 생겨날 때까지 장구한 시간이 필요하다. 이성과 완벽함은 불멸의 작품을 창조한다. 가치가 큰 것은 그 대가도 크다.

58.

　자신의 리듬을 타라. 사람은 늘 자신을 같은 모습으로 남에게 보여서는 안 되며 필요 이상으로 많은 것을 보여서도 안 된다. 어떤 것이든, 지식이든 성취든 한꺼번에 탕진하지 마라. 모든 것을 한꺼번에 전시하지 마라. 그러면 내일은 더 이상 그대를 경탄하지 않을 것이다. 매일 더 많은 것을 보이는 자만이 기대를 보존할 수 있고, 그 위대한 능력의 한계를 발견하지 못할 것이다.

59.

　마지막을 생각하라. 환호의 문을 지나 행운의 집 안으로 들어오면 통탄의 문으로 다시 나오게 될 것이다. 그러니 항상 마지막을 생각하고 들어설 때의 갈채보다 행복하게 나올 것을 생각하라. 들어설 때의 갈채는 대단한 것이 아니다.

60.

건전한 판단력을 기르라. 분별력을 갖고 태어난 사람은 이미 성공의 길이 반은 주어진 셈이다. 나아가 연륜이 그들의 이성을 성숙하게 만들 때 그들은 완전한 가치가 있는 올바른 판단에 이르게 된다. 그리고 모든 종류의 고집스런 변덕, 망상을 지혜의 유혹자로 여기며 싫어한다. 특히 중요하고 완벽한 안전이 요구되는 국사國事에 있어서는 더욱 그렇다.

61.

최고 중의 최고가 돼라. 다른 모든 사람보다 뛰어나지 않고서 위대할 순 없다. 평범한 것은 찬탄의 대상이 될 수 없다. 최고의 탁월함만이 우리를 일상의 대중에서 벗어나 존귀한 사람들의 부류에 넣어준다. 어떠한 성장 없이 늘 같은 자리에 있는 것은 머무는 것이 아니라 퇴보하는 것이다.

이는 편하다는 장점은 있을지 몰라도 영예는 어림없다. 최고의 일을 그것도 최고의 부류 안에서 해내는 것은 우리에게 바로 군주君主의 성품을 부여하는 것이다. 찬탄을 불러일으키고 타인의 마음을 사로잡는 것이다.

62.

좋은 도구를 사용하라. 대신大臣이 탁월하다 하여 군주君主의 위용이 감소되는 일은 없다. 성공하여 영예를 얻을 때는 항상 주원인이 있다. 반대로 비난받는 일도 마찬가지다. 명예의 신은 항상 주요 인물들 편에 선다. 신은 '이자는 좋고, 저자는 나쁘다'라고 말하지 않는다. 다만 '이자는 훌륭한 예술가요, 저자는 서툰 예술가'라고 말할 뿐이다.

63.

자기 분야에서 일인자가 되는 것은 큰 영예다. 내가 추구하는 방향에서 인정받는 일은 큰 미덕이다. 거기에 탁월함까지 갖췄다면 영예는 곱절이 될 것이다. 사람들이 자신의 천직天職에서 자기보다 나은 자가 없었다면 모두 불사조가 되었을 것이다. 어느 분야든 일인자는 화려한 영예를 안고 그곳을 떠나며, 나머지 사람들에게는 그가 남긴 자양분이 돌아갈 뿐이다. 그들은 아무리 노력해도 모방자라는 오명을 씻을 수 없다. 그래서 많은 사람이 일류에서 이인자가 되기보다 이류에서 일인자가 되기를 우선한다.

64.

취향을 가꿔라. 숭고한 취향은 바른 이성理性으로 가꿀 수 있다. 훌륭한 정신은 그것이 지닌 취향을 보면 알 수 있다. 이해가 높아지면 취향도 높아진다. 큰 먹이가 큰 입에 맞듯이 고상한 일은 탁월한 정신에 맞는다. 가장 대담한 일도 탁월한 정신의 심판을 두려워하고 가장 완벽한 예술 작품도 그 심판 앞에서는 두려워한다.

아주 탁월한 일은 적고, 따라서 절대적인 높은 평가도 드물다. 타인과의 교제를 지속하면 취향도 점차 나눌 수 있으니, 올바른 취향의 사람들과 만나는 것은 커다란 행운이다. 그러나 모든 일에 불만족을 내세우지는 마라. 이는 아주 고지식하고 우둔한 짓이며 그것이 마치 불협화음에서 솟아나오는 과장 치레로 되었을 때는 더욱 혐오스럽다.

65.

불행을 만들지 말고 성가신 일은 피하라. 이는 바람직한 지혜다. 나쁜 소식은 전하지도 말고 받아들이지도 마라. 도움되지 않는 소식은 생각조차 거부해야 한다. 사람들은 달콤한 아첨의 말에 솔깃해하며 사악하고 쓰디쓴 험담으로 입안의 침을 말린다. 매일 화나는 일이 한 가지라도 없으면 못사는 사람도 있다. 매일 독을 마시지 않고는 살 수 없었던 미트리다테스 왕*처럼. 그러나 어떤 사람이 나에게 가깝다 해서 그 사람 마음에 드는 일을 해주려고 평생 자신에게 슬픔거리를 마련하는 것은 어리석기 짝이 없는 짓이다. 또 조언만 구하고 가버리는 사람을 위해 자신의 안녕을 해치는 짓을 해서도 안 되는 것이다.

타인에게는 기쁨을, 자신에게는 고통을 주라는 일반적인 규칙이 있지만 그보다 나은 규칙은, 누군가의 슬픔을 구원하기 위해 나를 슬픔으로 몰아가는 일은 하지 말아야 한다는 것이다.

---

* 기원전 2세기 그리스 왕. 매일 조금씩 독을 섭취함으로써 독에 대한 내성을 길렀다고 한다.

66.

행복의 끝을 눈여겨보라. 사람들은 즐겁게 목표에 도달하기보다는 엄격한 규율 속에서 목표에 도달하려 한다. 사람에게는 실패했을 때의 치욕이, 성공했을 때 그 노력에의 인정보다 비중이 크다. 승리한 자는 변명할 필요가 없다. 끝이 좋으면 모든 것이 돋보인다. 아무리 그 수단이 적절하지 못했다고 하더라도, 달리 행복한 결과에 도달할 수 없을 때는 종종 예술의 법칙에 반해서 나아갈 때 또 다른 예술이 있기 때문이다.

67.

천박한 변덕에 자신을 맡기지 마라. 기괴한 느낌에 혼돈하지 않는 자가 훌륭한 것이다. 나 자신을 관찰하는 것은 지혜를 습득하는 과정이고 자기 인식은 자기 개선의 출발점이다. 늘 변덕스럽고 취향 역시 조석으로 바뀌는 불협화음의 괴물이 있다. 이 방탕한 편애는 의지를 파멸시키고 이성에게 대든다. 굳은 의지와 올바른 인식이 그로 인해 뒤틀리고 만다.

68.

갈채받는 직업을 선호하라. 거의 모든 일은 상대의 호의에 달렸다. 꽃에 서풍이 필요하듯 재능에는 진가의 인정이 필요하다. 이는 호흡과 생명의 관계다. 일반인들에게 칭찬받는 관직이 있다. 또 그보다 중요해도 어떤 명망도 즐길 수 없는 관직도 있다. 전자는 모든 사람의 눈앞에서 이행되기 때문에 일반의 호의를 사고, 후자는 드물고 더 값어치가 있어도 소극적이어서 눈에 띄지 못한다. 존경은 받지만 갈채는 못 받는다. 군주 중에서도 승리하는 자가 유명해진다.

그래서 아라곤*의 왕들은 전사나 정복자, 영웅이 되어 그 영예를 쟁취하였다. 재능이 있는 자라면 모든 사람에게 돋보이고 모든 사람에게 영향력을 미칠 수 있는 칭송받는 관직을 선호하라. 그러면 대중의 목소리는 그에게 영원불멸의 명성을 안겨줄 것이다.

* 11세기에 스페인 북부에 있던 왕국.

69.

옳은 거절을 할 줄 알라. 모든 것을 다 허락해서는 안 된다. 거절하는 것도 허락하는 것만큼 중요하다. 한 사람이 '아니오'라고 말하는 것이 여러 사람이 '네'라고 말하는 것보다 더 가치가 있다. 미화美化된 거절이 무미건조한 허락보다 더 만족을 주기 때문이다.

반면 언제나 입에 '아니오'라는 말을 달고 다니는 사람들이 있다. 그것으로 그들은 다른 사람들의 모든 것을 망쳐놓는다. 노상 거절의 말이 나오다 보면 나중에 모든 것을 허락해도 사람들은 이를 더 이상 믿지 않는다. 이미 앞서 거절의 말로 일을 망쳐 놓았기 때문이다.

그러니 매사를 곧바로 거절하는 것 역시 일을 그르치게 한다. 오히려 간청하는 사람이 점차 자기 환상에서 벗어나도록 서서히 유도하라. 그리고 무엇이든 완전히 거절하지 마라. 이는 상대방의 의타심을 가차 없이 뿌리치는 결과다. 거절의 쓰라림을 조금은 덜기 위해 언제나 거절은 상대를 존중하는 방향에서 이행되어야 한다. 호의를 표시할 수 없을 때는 정중함으로 그 구멍을 메워라. '네, 아니오'를 말하기는 쉽지만 그 전에 깊이 있는 생각이 필요하다.

70.

편향적인 사람이 되지 마라. 자신의 모순을 드러내지 마라. 성품이나 외양에서 분별 있는 자는 항상 그대로이며 늘 완벽함 속에 자리하고 있다. 그리하여 그는 사려 깊고 지혜롭다는 평판을 듣는다. 변화가 있다면 외부 사정이나 다른 사람들이 그 원인일 뿐이다.

지혜로운 일에 변화는 달갑지 않다. 매일 달라지는 사람들이 있다. 어제는 '네' 하고 흰색이었다면, 오늘은 '아니오' 하고 검은색으로 변하는 사람들이다. 이렇게 그들은 항상 자신의 신용과 명예에 거슬리는 행동을 하고 타인의 이해에 혼돈을 가져온다.

7I.

결단력 있는 사람이 돼라. 일을 그르치는 것은 결단력이 없는 것처럼 파멸적이지 않다. 일말의 결단성도 없이 늘 타인의 자극을 필요로 하는 사람들이 있다. 판단력의 혼란과 행동력의 결핍에서 머뭇거리는 경우다. 어려움을 참을 때 통찰력이 입증된다. 그 어려움으로부터 탈출구를 찾아낸다면 더 큰 통찰력이 입증되는 것이다.

반면에 어떠한 일도 곤경에 빠뜨리지 않고 곧장 모든 일을 끝내는 사람들이 있다. 그 일을 세상에 해명하고 나면 그들에게는 다음 일을 처리할 시간이 남아 있다. 그 일을 위해 요행히 계약금을 받았다면 그들은 더욱 안심하고 일에 뛰어들게 될 것이다.

72.

　간과看過할 줄 알라. 영리한 사람들은 대충 보아 넘김으로써 일에 말려드는 것을 피한다. 즉 가볍게 품위를 지켜 약간만 방향을 바꾸어도 복잡한 미로에서 빠져나올 수 있다. 어려운 싸움에서도 그들은 은근히 미소를 지으며 위기를 면한다. 뭔가를 거절해야 할 때 화제를 다른 것으로 바꾸는 것도 그들의 정중한 계략이다. 못 알아듣는 척하는 것보다 더 훌륭하고 섬세한 계략은 없다.

　사람들에게 냉정하지 마라. 사람들이 밀집해 있는 곳
에는 진짜 거친 짐승들도 산다. 매사에 무뚝뚝함은 자기
자신을 오인하는 데에서 오는 어리석은 태도다. 그러한
태도로 사람들을 화나게 하는 것은 사람들의 존경을 받
는 합당한 방법이 아니다. 항상 반항적이고 비인간적인
성격에 무디고 거친 괴물이라면 아첨가들에겐 그만한 구
경거리가 또 없을 것이다. 심지어는 가혹한 처지로 그에
게 조언을 구하려는 사람들은 마치 괴물과 싸울 때처럼
공포에 사로잡혀 조심스런 무장을 하고 등장한다.

　그런 냉정한 사람은 그 자리에 도달하기까지 다른 사람
들의 호감을 사는 법을 알고 이용했으나 이제 그것을 차지
한 이상 자신을 모든 사람에게 미움받도록 함으로써 그에
대한 보상을 하려 한다. 그의 관직은 많은 사람을 위해 존재
하나 그는 반항과 오만함으로 누구를 위해서도 존재하지 않
는다. 그런 자를 멋있게 징계하는 방법이 있다. 그와 교제를
끊으면 그의 교활한 지혜도 사라지고 말 것이다.

74.

자신의 광채를 새롭게 하라. 이는 불사조의 필요조건
이다. 탁월함도 명성도 쇠퇴하게 마련이다. 탁월한 것이
낡아지면 평범한 새로움에도 밀려날 수 있다. 그러니 용
기, 재능, 행운, 모든 것을 늘 가꾸고 재생시켜라. 새롭고
빛나는 일을 갖고 등장하여 태양처럼 다시 솟아라. 자신
의 빛나는 무대도 바꿔라. 때로는 그 희귀함에 대한 열망
이, 때로는 그 새로움에 대한 찬사가 일어나도록.

75.

신맛 쓴맛을 다 맛보지 마라. 나쁜 일도 좋은 일도 마
찬가지다. 지나친 정의는 부당함이 될 수 있다. 달콤한
사과라도 너무 짜면 나중엔 쓴맛이 난다. 무엇을 향유할
때도 지나치지 마라. 마지막까지 긴장하면 정신마저 혼
란해진다. 소젖도 너무 잔인하게 짜내면 우유가 아닌 피
가 나온다.

76.

자신을 파악하라. 아무도 자기 자신을 모르면서 자신의 주인이 될 순 없다. 무슨 일을 하기 위해서는 자신의 능력과 분별력, 섬세함을 파악하라. 거래를 하기 전에 자신의 용기를 시험하라. 자신의 깊이가 어느 정도인지 알아보고 자신의 능력이 모든 일을 감당할 정도인지 탐지하라.

77·

스스로 용서할 만한 잘못은 허용하라. 왜냐하면 태만은 가끔 재능에 가장 권할 만한 것이니까. 타인들의 질투는 그대에게 모독적인 패각추방*의 명령을 내릴 수 있다. 질투는 완벽한 자의 무과실을 과실로 간주하고 그 완벽함을 저주한다. 남들의 질책이 가차 없이 그의 최고 업적 위로 떨어진다. 그러나 호메로스** 같은 천재도 때로는 잠을 자면서 재능이나 용기에서 짐짓 태만을 꿈꿨다. 악의를 달래 그 독소가 터지지 않도록 하라. 불멸의 것을 구하고자 한다면 질투의 황소 위에 망토를 던져라.

---

* 패각추방(貝殼追放). 고대 그리스에서 시민이 그 도시의 위험 인물의 이름을 조개껍질 또는 사기 조각 따위에 적어서 투표하여 재판하지 않고 국외로 추방한 제도.
** 호메로스(Homeros). 유럽 문학 최고 최대의 서사시 『일리아스』와 『오디세이아』의 작자.

78.

적을 이용하라. 매사 다뤄봐야 안다. 칼날은 잡지 마라. 칼집을 잡아라. 적을 잘 다룰 줄 알라. 지혜로운 자에게는 적의 도움이 어리석은 자의 도움보다 낫다. 때로는 호의가 감히 겨룰 자신이 없는 난관의 언덕도 악의가 넘어가게 해줄 수가 있다. 증오보다 더 위험한 것은 아첨이다. 증오는 오점을 없애려 하나 아첨은 그것을 감추기 때문이다.

지혜로운 자는 남의 원망에서 귀감을 배운다. 이는 호의보다 더 충실하다. 그리하여 누가 자신의 잘못을 험담하지 못하게 예방하거나 이를 개선한다.

79.

험담에 주의하라. 대중은 수많은 관심사를 지니고 있고 시기하는 눈도 많다. 그들 사이에 험담이 퍼지면 그중 가장 명망이 높은 사람이 고통을 당한다. 그 험담은 비열하여 명예를 추락시킬 수 있다. 궁지에 몰렸을 때, 형편이 나쁠 때, 우스운 잘못, 구설수에 맞는 소재 같은 것이 추락의 동기를 줄 수 있다. 개인의 간사한 꾀가 일반 사람들의 비방으로까지 커질 수 있다. 중상자들은 커다란 명성조차 공공연하고 파렴치한 비난 아닌 한마디 간단한 험담으로 몰락시킬 수 있다.

나쁜 평판을 얻긴 아주 쉽다. 나쁜 것은 더 믿고 싶기 때문이다. 한번 더러워진 평판은 깨끗이 씻어내기 어렵다. 그러니 지혜로운 자는 일반 대중의 몰염치를 경계해야 한다. 구제보다 쉬운 것은 예방이다.

80.

교육이 사람을 만든다. 인간은 야만인으로 태어나며 교육만이 야만성에서 해방시킨다. 교육이 사람다운 사람을 만드는 것이다. 자식들의 교육 덕택에 그리스인은 다른 모든 나라 사람을 야만인이라고 부를 수 있었다. 지식은 우아하다. 그러나 지식이 멋을 잃으면 꼴사납다.

지식뿐 아니라 의지와 말투도 우아해야 한다. 생각, 언어, 몸을 치장할 때 자연스러운 멋이 있고, 내적이나 외적으로 유순한 사람이 있다. 반대로 내적이나 외적으로 거칠어 자기가 가진 뛰어남조차 야만적인 것으로 연출하는 사람도 있다.

81.

숭고함을 위해 관대한 행동을 하라. 자기 행동에 믿음을 갖지 못하고 매사에 소심한 태도를 지니는 것은 옳지 않다. 지나치게 따지고 들며 의심하는 태도는 외부가 아닌 자기 내면에 대한 불신 때문이다. 특히 불쾌한 일일 때는 더욱 그렇다. 매사에 유의하는 것은 유익하지만 매사에 의도적으로 신경 쓰는 것은 바람직하지 않다. 일상적인 일에는 관대하라. 이는 고상한 품위다. 타인을 유도하는 데 중요한 수완은 관대함이다. 특히 적들 사이에 있을 때는 대부분의 일을 못 본 척 지나가라. 불쾌한 일에 다시 관여하는 것은 또 다른 불편한 일을 만들어낼 뿐이다.

82.

매사에 돋보이려 하지 마라. 모든 탁월한 것의 결함은 너무 많은 것을 이용하려다 이를 오용하는 데 있다. 바로 그러한 노력이 결국 사람들의 혐오를 산다. 어떤 일에도 쓸모가 없는 것은 큰 불행이지만 모든 것에 쓸모 있으려 하는 것은 더 큰 불행이다. 그것을 추구하는 사람은 너무 많은 것을 얻기 때문에 잃고, 처음에 그를 갈구하던 모든 사람이 마침내는 그를 혐오한다. 그런 사람은 온갖 완벽함을 다 탕진해버려 마침내 진귀한 사람이라는 평가 대신 천대를 받는다. 그런 극단을 피할 수 있는 유일한 방법은 명성이 있을 때 분수를 지키는 것이다. 완벽함 자체에도 지나침이 있으니 이를 표현할 때는 자제하라. 자신을 나타내는 데 인색하면 그 가치는 더욱 높아진다.

83.

오래 사는 기술은 착하게 사는 것이다. 수명이 짧아지는 이유에는 두 가지가 있다. 우매함과 방종이다. 전자는 생명을 지킬 이성이 없고 후자는 의지가 없다. 미덕이 그에 대한 보답이라면 악덕은 그에 대한 징벌이다. 악덕에 빠져 살면 빨리 죽고 미덕에 열중해 살면 오래 산다. 정신의 생명은 육체의 생명이다. 선하게 사는 삶은 내적으로 뿐만 아니라 외적으로도 우아하다.

84.

의혹이 들 때는 결코 일에 착수하지 마라. 행동하면 실패하리라는 걱정만 하여도 상대방에게 약점을 잡히는 것이다. 경쟁자일 때는 더욱 그렇다. 첫 번째 사업을 시작할 때 벌써 판단력에 의심이 들고, 나중에 그 일에 열정적으로 빠져들 때는 우행愚行이라는 공공연한 저주의 심판을 받을 것이다. 조심성이 의심되는 행동은 위험하니 이를 중지하는 것이 더 안전하다. 확률에만 의존하는 것은 지혜가 될 수 없다.

어떠한 사업 계획이 진즉에 우려를 자아낸다면 그것이 제대로 될 일이 없잖은가. 깊이 숙고하여 결정한 일도 종종 실패를 하는데, 흔들리는 이성과 그른 판단력에 의해 결정한 일에 어떻게 성공을 바랄 수 있겠는가.

85.

분별력을 길러라. '분별력 있는 사고와 태도를 유지하는 것'은 언행에 있어서 첫째가는 최고의 규칙이다. 그리고 지위가 높아질수록 더욱더 타당한 규칙은, '작은 지혜가 많고 큰 재치보다 낫다는 것'이다. 거기서 사람은 커다란 갈채를 받지 않고도 안전하게 걸을 수 있다.

지혜롭다는 평판은 명예의 승리다. 그러나 지혜로운 자들은 그들의 판단이 성공한 행동의 모범이 된 것으로 만족한다.

86.

보편성을 갖춘 사람은 다른 사람들에게도 적합하다. 그는 교제의 즐거움을 전하고 삶을 아름답게 한다. 보편성의 변화는 최고의 여흥을 제공한다. 매사에 최선의 것을 획득할 줄 아는 것은 위대한 예술이다. 자연이 인간을 들어 올려 자신의 축소판으로 만들었듯이 예술도 인간의 오감과 취향과 연마를 통해 인간을 소우주로 만든다.

87.

능력을 헤아릴 수 없게 하라. 지혜로운 자는 결코 자기 능력의 깊이를 드러내지 않는다. 사람들이 그를 알되 그의 깊이를 헤아리지 못하게 하라. 되도록 내 능력의 한계를 드러내지 않는 것이 중요하다. 실망할 위험이 도사리고 있으니까. 아무리 대단한 능력이 있어도 이를 정확히 알리는 것보다 추측과 의문을 품게 하는 편이 더 큰 숭배를 불러일으킨다.

88.

자신의 보호자가 되어라. 인생의 모든 행위는 그 영향에 달려 있다. 모든 것은 오성*에 따라 일어나야 하기 때문에 이 보호는 오성에 맞는 모든 것을 자연스레 애착하게 된다. 이를 통해 사람은 매사에 가장 올바른 것을 포착한다.

* 오성(五性). 사람의 다섯 가지 성정(性情). 기쁨, 노여움, 욕심, 두려움, 근심.

89.

　왕성한 기대를 길러라. 많은 것은 더 풍요로운 것을 약속하고 행동은 더 빛나는 행동을 예고한다. 그러한 기대를 끊임없이 길러라. 사람은 자기의 전부를 한 번에 다 걸 수 없다.

90.

　영웅적 이상을 고르라. 누구에게나 영웅이 있어야 한다. 모방하기가 아니라 나를 비추어 늘 겸손하기 위해서다. 위대한 이상은 명예를 위한 살아 있는 책이다. 누구나 자신의 사고에서 가장 존경할 만한 자를 이상으로 삼는다. 그것은 자극을 받기 위해서다. 예컨대 알렉산더 대왕은 땅에 묻힌 영웅 아킬레스를 위해 운 것이 아니라 아직 명성이 드러나지 않은 자신을 위해 울었다. 타인의 명성을 위해 울리는 나팔 소리만큼 자신의 마음속 명예욕을 자극하는 것은 없다. 영웅의 무덤 곁으로 자신의 질투심이 매장될 때에야 비로소 고귀한 심성이 자극을 받는다.

91.

항상 농담만 하지는 마라. 진지할 때 이성이 드러나고 그것은 익살보다 많은 명예를 가져다준다. 항상 농담하는 자는 사람들에게 진지함을 보일 수 없다. 이미 거짓말쟁이로 취급해버리기 때문이다. 거짓말쟁이에게는 거짓말이, 익살꾼에게는 익살이 두렵다. 항상 농담하는 사람은 도대체 분별 있게 이야기하는지 결코 알 수 없다. 분별이 너무 많으면 마치 없는 것과도 같다.

쉴 새 없는 익살처럼 피곤한 것도 없다. 익살꾼이라는 명성을 얻은 자는 그 대가로 지혜로운 자라는 명예를 잃기 쉽다. 그러니 가끔 익살을 부리더라도 보통 때는 진지할 필요가 있다.

92.

자신을 모든 사람에게 순응시키는 법을 배우라. 학자에게는 학식으로, 성자에게는 성심聖心으로, 모든 사람의 마음을 사는 것은 대단한 일이다. 상대의 기분을 관찰하고 자신을 거기에 맞춰라. 남에게 의존해야 하는 사람은 이 기술이 절대적으로 필요하다. 그러나 이는 매우 섬세해서 많은 재능을 요구한다. 머릿속이 지식으로 차고 취향이 다양한 사람에게는 이 일이 그리 어렵지 않을 것이다.

93.

관계의 깊이를 파악하라. 우둔한 자는 느닷없이 불손한 말을 하곤 한다. 무모하기 때문이다. 이 단순함이 그들에게서 예방책을 마련할 주의를 빼앗고, 나중에 실패했다는 욕설에도 그들을 무감각하게 만든다. 모든 무모함은 지혜에 의해 멸망당하고 만다. 요행히 그냥 넘어가더라도 더 깊은 심연이 우려되는 곳에서는 신중해져야 한다. 주의력이 점차 확보될 때까지 지혜로 더듬으면서 앞으로 나아가라. 오늘날 인간관계에는 가끔 커다란 심연이 나타난다. 걸음을 내디딜 때마다 그 깊이를 알도록 하라. 너무 깊이 빠지면 숨을 쉴 수 없고, 너무 얕으면 마음을 교류할 수 없다.

94·

쾌활한 기분. 매사를 즐겁게 사는 것은 적당하면 재능
이지 과실이 아니다. 훌륭한 사람들도 가끔 익살을 부린
다. 그리고 그것으로 사람들의 사랑을 받는다. 그래도 그
들은 지혜와 명망에서 눈을 떼지 않는다. 어떤 사람들은
난관을 농담으로 거뜬히 벗어나기도 한다. 어떤 가벼운
농담은 다른 사람들이 아주 진지하게 생각하는 것이기도
하다. 붙임성이 있는 사람은 다른 사람들의 마음을 끄는
자석이다.

95.

정보를 얻을 때는 신속하라. 사람은 정보를 들으며 생활한다. 우리가 볼 수 있는 것은 적다. 우리는 진리와 믿음을 배우며 산다. 그러나 우리의 귀는 진리의 곁문이고 거짓말의 대문이다. 진리는 대개 눈으로 목격되는 것이고 들리는 진리는 예외적이다. 진리가 왜곡되지 않고 순수하게 도달되는 경우는 드물다. 오는 길이 멀 경우는 더욱 그렇다. 그것이 지나가는 곳마다 항상 흥분과 감정에 오염된다. 정열은 그것이 스치는 모든 것에 색을 물들인다. 그것은 항상 어떠한 인상을 주려고 한다.

그러니 칭찬하는 자에게는 조심스레 귀를 기울이고 비난하는 자에게는 더욱 경계하며 귀를 기울여라. 이 점에 있어 우리는 모든 주의를 기울여야 한다. 사실을 전달하는 자의 의도를 알아내어 그가 내딛는 걸음보다 한 발 앞서기 위해서다.

96.

명성을 얻고 이를 지켜라. 명성을 얻기는 힘들다. 이는 뛰어난 성품에서만 나오는 것이 아니기 때문이다. 그러나 한번 얻으면 보존은 쉽다. 명성은 구속력은 있으나 더 큰 효과를 나타낸다. 명성은 근원이 고귀하므로 한번 숭배를 받으면 우리에게 일종의 위엄을 부여한다. 그러나 진실한 근거가 있는 명성만이 오래 지속될 수 있다.

97.

자신의 의지를 넌지시 나타내라. 열정은 정신의 창문이다. 그리고 지혜는 변장술에 달려 있다. 공개된 카드로 게임을 하면 질 확률이 높다. 신중한 자는 조심하여 탐색하는 자에게 맞서 싸워야 한다. 나의 취향을 상대가 너무 깊이 알게 해서는 안 된다. 사람들이 아첨으로 나를 쉽사리 구슬리려 하는 일을 막기 위해서다.

98.

　실제와 외양. 사물은 실제의 모습과 함께 그 외양에도
가치를 둔다. 사물의 내면까지 들여다보는 사람은 적고
외양으로 판단하는 사람은 많다. 그러므로 외양이 나쁘
면 내적인 정당함만으로는 충분하지 않다.

99.

　편견 없는 사람. 현명함과 철학을 추구하는 이가 돼라.
그러나 꾸며서 보이지는 마라. 철학은 오늘날 그 위신을
잃었다. 그런데도 철학은 현자가 택하는 최고의 일거리
다. 사상가들의 학문은 모두 공경을 잃었다. 이제는 부당
한 것이 인정받을 뿐이다. 그럼에도 기만을 질타하는 것
은 항상 생각하는 정신에 양식이 되고 올바른 자들의 기
쁨이 된다.

IOO.

세상의 절반이 다른 절반을 비웃는다. 양쪽 다 바보다. 그들이 선택하는 대로 다 좋게 되거나 다 나쁘게 된다. 매사를 자기 생각대로만 하려는 자는 참을 수 없는 바보다. 거기에는 진정한 머리 대신 경솔한 감각만이 있을 뿐이다. 어떠한 과실이라도 그것을 감싸주는 사람이 있게 마련이다. 그러니 우리 일이 몇몇 사람의 마음에 들지 않는다고 용기를 잃을 필요는 없다. 그것을 인정하는 다른 사람들도 있으니까. 그러나 찬사에 들뜨지 마라. 그것을 배척하는 사람들도 있으니까. 명망 있는 사람들이 주는 찬사가 진짜 만족을 주는 찬사다. 어떤 한 사람의 찬사나 일시적 또는 한때만 지속되는 찬사를 위해 사는 것은 나를 그 안에 가두는 일이다.

IOI.

커다란 행운을 먹을 수 있도록 왕성한 소화력을 갖춘 위를 가져라. 커다란 행운은 더 큰 행운조차 맞이할 가치가 있는 사람을 당황하게 만들지 않는다. 어떤 사람에게는 배부른 것이 어떤 사람에게는 아직도 고프다. 소심함으로 훌륭한 음식을 소화시킬 수 없는 사람들이 있다. 그들은 높은 관직을 위해서 태어나지도 교육받지도 못했다. 그들은 공들이지 않고 명예를 얻을 경우 그 속에서 솟는 향기가 그들의 머리를 어지럽게 하여 높은 곳에서 추락할 위험이 있다. 그들 속에는 행운이 설 땅이 없기 때문이다. 반면에 위대한 사람은 더 큰 일도 받아들일 공간이 있다. 그는 항상 주의를 기울여 소심한 마음을 보일 기미를 사전에 제어한다.

102.

자기 분야에서 권위자가 돼라. 위엄을 갖춰라. 제왕이 아니어도 누구나 자기 영역에서 위엄을 지녀야 한다. 행동은 고귀하게, 생각은 높이 하여 매사 추진할 때 제왕과 같은 업적을 이룩하라. 권력에는 미치지 못하더라도 추앙받는 도덕 속에 진정 제왕다움이 있다. 그리고 위대함을 이상으로 삼는 사람은 그 위대함을 늘 경외해야만 한다.

103.

여러 분야를 알라. 주의하여 여러 분야를 살펴보면 다양성을 발견할 수 있다. 어떤 것은 용기를, 어떤 것은 예리한 오성을 요구한다. 수완이 필요한 분야보다 공정함이 중요한 분야는 경영이 쉽다. 우둔한 자를 다스리기는 힘든 일이다. 무분별한 사람을 다스리는 데는 곱절의 분별이 필요하니까. 그러나 한정된 시간, 한정된 재료로 한 사람에게서 모든 것을 요구하는 분야는 경영이 어렵다. 힘들더라도 변화와 유연함이 있는 분야가 낫다. 변화는 정신을 새롭게 하기 때문이다. 의존성이 가장 적은 분야가 성취감을 느끼기 쉽고 죽도록 땀 흘려야 하는 분야는 가장 일이 힘들다.

104.

번거로운 짐이 되지 마라. 복잡한 일상의 사람이나 화제의 주인공은 폐를 끼치기 쉽다. 단순한 것이 매력적이고 일의 진행에도 더 적절하다. 좋은 것이 짧으면 곱절로 좋다. 나쁜 것도 수량이 적으면 꼭 나쁘지만도 않다. 난해한 것보다 핵심적인 것이 훨씬 효과적이다. 지혜로운 자는 특히 훌륭한 사람들에게 폐가 되지 않도록 하라. 그들은 바쁘다. 빨리 나오는 것이 현명한 것이다.

105.

자신의 행복을 자랑하지 마라. 성격이 눈에 띌 때보다 신분이나 위엄이 화려하게 보일 때 감정이 더 상하기 쉽다. 자신을 늘 중심인물로 만들면 미움을 산다. 질투를 일으키지 마라. 남이 공경해주기를 바랄수록 공경은 멀어진다. 공경은 타인의 의사에 달렸으니까. 그러니 공경은 취하는 것이 아니라 기다려 얻어지는 것이다. 높은 직위일수록 그에 맞는 명망이 요구된다. 이것 없이는 그 관직은 결코 위엄 있게 이행될 수 없다. 그러니 자신의 임무를 잘 이행하기 위해 거기서 필요한 명예를 보존하라. 공경을 받으려고 닦달해서는 안 된다. 이는 그대의 재능에서 나와야 한다. 자신의 일에 법석을 떠는 사람은 많은 공적을 쌓을 수 없다. 그는 곧 그 관직의 위엄이 자신의 어깨를 짓누르는 과중함으로 나타나고야 말 것이다.

106.

불평하지 마라. 모든 것을 악으로 모는 음울한 사람들이 있다. 그들은 다른 사람들이 한 것, 할 것을 모두 저주하는 자들이다. 이는 비열함에서 온다. 게다가 열정까지 가세하여 모든 것을 극단으로 몰아 부친다. 반대로 고귀한 심성의 사람은 일부러 과실을 눈감아줌으로써 매사 용서할 줄 안다.

107.

자만하지 마라. 자신에게 만족하지 않는 것은 소심한 것이며 자신에게 만족하는 것은 어리석은 것이다. 자만은 분별없이 기뻐하는 것이니, 이는 평판이나 위신에 해롭다. 사람들은 타인의 높은 완벽성을 통찰하지 못하기 때문에 자신 속에 있는 비천하고 평범한 재주에도 아주 만족한다. 오히려 약간의 불신이 지혜로우며 더 유용하다. 이는 일의 나쁜 결과를 예방하며, 나쁜 결과가 오더라도 자신을 위로할 수 있다. 불행의 싹을 예감한 자에게는 불행이 놀라움이 아니다. 그러나 대책 없는 자는 그 싹이 무성할 때 당황의 늪에서 헤어날 길이 없다.

108.

남들과 잘 어울려라. 타인과 잘 교류하는 일은 온전한 사람이 되는 지름길이다. 교제는 흥미롭고 효과적인 것이다. 취향과 관습을 서로 나누고, 정신, 의견까지도 적절하게 나누게 된다. 예리한 자는 자기보다 나은 자와 어울린다. 의견 교환에서도 서로 무리 없이 적당한 분위기를 만들어낼 수 있다. 대립되는 것들의 교착과 상호작용이 세상을 아름답게 만들고 보존한다. 육체적 조화를 이루는 것은 도덕적 조화에서는 더 말할 나위 없다.

친구와 신하를 선택할 때 지혜를 신중히 이용하라. 상호 대립하는 것을 잘 결합하면 안전하고 균형 잡힌 중도中道를 걸을 수 있다.

109.

해가 질 때까지 기다리지 마라. 지혜로운 자의 처세술은 일이 그들을 떠나기 전에 그들이 먼저 일을 떠나는 것이다. 종말에서조차 승리를 취할 줄 알라. 태양이 구름 뒤로 숨어 보지 못하니 기울었는지 여부를 사람들은 알지 못한다. 사람은 적절한 때 재난의 위기에서 벗어나 위기를 면할 줄 알아야 한다. 미인은 자신의 추함이 보일 때까지 거울을 보지 않는다. 미인은 자신의 모습이 가장 아름다울 때 거울을 깨뜨린다.

110.

　친구를 가져라. 이는 또 다른 삶이다. 어떤 친구라도 자신에게 얼마간은 도움이 된다. 좋은 친구들 사이에 있다면 모든 일이 잘 풀린다. 친구는 그만큼 가치가 있다. 그러나 친구를 사귀기 위해서는 그들의 마음을 사야 한다. 이때 호의만큼 더 강력한 마술은 없다. 최고의 방법이다. 우리가 무엇을 얻을 때, 그중에서도 제일 좋은 것을 얻기 위해서는 타인과의 관계가 중요하다.

　우리는 어차피 친구들 사이에서, 적들 사이에서 살아야 한다. 호의적인 친구를 얻으려고 노력하라. 그러다 보면 나중에 그들 중 몇 명을 그대의 신뢰자로 선택할 수 있을 것이다.

III.

    사랑과 호의를 얻어라. 호의를 통해 호의적인 관계를 맺을 수 있다. 사람들은 자기의 가치만을 존중해 남의 호의를 경멸한다. 경험자는 남의 호의 없이 이루는 일이 아주 멀고 험한 길임을 안다. 호의는 모든 것을 원활하게 하고 보완해준다. 용기, 성실, 학식, 총명함 같은 좋은 성품이 늘 전제되는 것은 아니다. 심지어는 그러한 완벽한 성품은 애초부터 타고난 것으로 간주된다. 하지만 호의는 일에 잘못이 있더라도 이를 일부러 간과하고 보호해준다. 물질적·심적으로 화합할 때 친척, 국민, 국가의 화합이 생겨난다.

112.

행복할 때에도 불행을 잊지 마라. 행복할 때는 주위의 호의를 쉽게 살 수 있고 우정도 넘쳐흐른다. 그래도 불행할 때를 대비하라. 불행할 때를 위해 친구를 사귀고 사람들에게 은혜를 베풀라. 지금은 평가되지 않는 것이 언젠가는 귀하게 여겨지리라. 미련한 자는 행복할 때 친구를 두지 않는다. 행복할 때 친구를 모르면 불행할 땐 친구가 그대를 모를 것이다.

113.

　결코 경쟁자를 만들지 마라. 내가 적을 두면 그 적은 나를 중상하고 나를 이기려 할 것이다. 솔직한 전법으로 전쟁을 하는 사람은 없다. 경쟁자들은 어떡하든 저지른 잘못을 들춰내고야 만다. 그들의 격분은 이미 사장死藏된 욕을 파내어 오래된 악취를 드러낸다. 경쟁자는 어떠한 추한 방법으로라도 자기에게 유리한 것은 다 취한다. 그러나 배려와 존경으로 이루어진 관계는 늘 평화로울 것이다. 배려를 기반으로 한 관계에서는 평판과 명망이 있는 사람들도 진심으로 호의를 베풀 것이다.

116.

결코 자신에 대해 다 아는 듯이 말하지 마라. 자화자찬하는 것은 허영심이고 자신을 책망하는 것은 소심함이다. 말에서 어리석음이 드러나면 듣는 자는 괴롭다. 이는 평범한 교제에서도 피해야 할 일이지만 높은 지위에서나 회합에선 더욱 그렇다. 말하는 사람의 어리석음이 드러나면 상대는 그를 바로 어리석은 자로 여긴다. 현명한 자라도 남들 앞에서 말할 때, 상대의 아첨이나 질책에 빠질 위험은 항상 있다.

117.

예의를 보여라. 예의는 교양에서 기인하며 이는 모든 사람의 호의를 얻는 마법과 같은 것이다. 반대로 무례함은 경멸과 반감을 산다. 자만에서 오면 혐오스럽고 천함에서 오면 경멸스럽다. 너무 적은 예의보다는 지나친 예의가 낫다.

그러나 모든 사람에게 같은 예의를 보여서는 안 된다. 이는 공정하지 못한 것이다. 적에게는 자신의 가치를 보이기 위해 의무적으로 정중하라. 그러면 적의 공경심을 유발할 수 있을 것이다. 남을 존경하는 자는 존경을 받는다. 예의와 명예는 바로 그것을 보여주는 사람 품에 안긴다.

118.

미움을 사지 말고 반감을 불러일으키지 마라. 미움은
초대하지 않아도 오는 불청객과 같다. 사람들은 아무 이
유도 없이 서로 싫어한다. 그들의 악의는 친절보다 앞선
다. 그들은 현명한 자를 두려워하고, 고약한 혀를 가진
사람을 경멸하고, 건방진 사람을 혐오하고, 조소하는 사
람을 피하고, 별난 사람을 거들떠보지도 않는다. 상대의
존중을 받으려면 상대를 존중하라. 그리고 존중받음을
소중히 여겨라.

119.

시대에 순응하라. 유행에 뒤처지는 것은 자신의 무능력을 드러내는 것과 같다. 지식조차도 유행에 따라야 한다. 구식 사고는 버리고 현대식 사고를 택하라. 새로운 사고를 따르고 이를 더 높이 완성시키도록 노력해야 한다. 현명한 자는 현재에 순응한다. 마음이 착한 것만으로는 처세의 하나가 되지 못한다. 미덕을 실행해야 한다.

진실을 말하고 약속을 지키는 것을 구시대의 일처럼 진부하게 보는 오늘날이다. 착한 사람들은 옛날에나 있다고 생각하지만, 착한 사람들은 오늘날에도 사랑받는다. 좋은 사람들은 유행을 타는 것이 아니며 모방할 수 있는 것도 아니다. 현명한 자라면 원하는 대로는 아니더라도 힘닿는 대로 순응하며 살라. 그리고 운명이 부여한 것을 지극히 소중히 여겨라.

120.

언행에 당당하라. 당당한 언행으로써 명망과 존경을 얻을 수 있다. 다른 사람의 마음을 정복하는 것은 참으로 위대한 승리다. 이는 불손이나 나쁜 마음에서 나오는 것이 아니라 천부적 재능과 탁월하고 당당한 권위에서 나오기 때문이다.

121.

자기 일이 아닌 것을 일거리로 만들지 마라. 어떤 사람들은 매사에 불평이고 어떤 사람들은 매사를 자기 일거리로 만든다. 매사를 심각하게 여겨 다투거나 은밀한 일거리를 만들어낸다.

짜증나고 불쾌한 일은 진지하게 받아들이지 않는 것이 좋다. 그렇지 않으면 부적합한 때에 휘말려들기 쉽다. 한 귀로 흘려버려도 될 일을 신경 쓰는 것은 어리석다. 정말 중요한 일을 방관하여 그르치는 경우가 있는가 하면 아무것도 아닌 것을 심각하게 생각하여 큰일로 만드는 경우가 있다. 처음에는 모든 것을 정리하기 쉽지만 나중에는 그렇지 않다. 일찍 그만두는 것이 꼭 나쁜 것만은 아니다.

122.

어리석은 짓을 저지르는 자가 어리석은 게 아니라 저지른 후에도 그 어리석음을 덮을 줄 모르는 자가 어리석다. 때로는 자신의 장점도 감춰야 한다. 누구나 잘못을 저지르지만 차이가 있다. 현명한 자는 저지른 과오를 숨기고, 우둔한 자는 저지르기도 전에 떠벌린다. 우리의 명망은 행동력보다 신중함으로 얻어진다.

순수하지 못할 바에는 조심이라도 해라. 자신의 과실을 친구에게조차 털어놓지 마라. 가능하면 자신에게조차 감춰야 한다. 자신이 저지른 과오를 잊어라. 그 편이 나 자신에게 지극히 도움이 될 것이다.

123.

점잔 빼지 마라. 재능이 많다고 으스대지 마라. 이는 비열하고 볼품없다. 치레는 하는 사람에게는 괴롭고 보는 사람에게는 역겹다. 신경까지 써 가면서 치레하는 것은 차라리 고문이다. 일처리를 잘하는 사람일수록 그것이 마치 천성에서 나온 완벽함처럼 보이도록 공들인 노고를 감춘다. 현명한 자는 자신의 장점을 결코 알리지 않는다. 그가 애써 신경 쓰지 않을 때 다른 사람들이 그것을 존중하게 되는 것이다. 완벽성을 자신 속에 갖추되 스스로 그렇게 생각하지 않는 자는 매우 훌륭하다. 남들이 그에게 더욱 찬사를 보낼 것이니 그는 역효과로 목적에 도달하는 것이다.

124.

　남들이 원하는 사람이 돼라. 남들에게 큰 호의를 얻는 사람은 그리 많지 않다. 특히 현명한 사람들의 호의를 얻는 다면 큰 행운이다. 보통 사람들의 호의를 받는 확실한 방법은 자신의 재능과 탁월함을 보이는 것이다. 행동으로 마음을 끌 수 있다면 대단한 일이다. 호의를 얻으면 모든 것을 통해 자신의 장점을 필요 불가결한 것으로 만들 수 있다. 그러면 우리가 직위를 필요로 하는 것이 아니라 직위가 우리를 필요로 하게 된다.

125.

　상대의 약점을 들추지 마라. 타인의 오명에 관심을 두는 것은 자신에게 오명이 있다는 증거다. 사람들은 다른 사람들의 과실로 자기의 과실을 덮거나 씻어내려 한다. 그리고 그 안에서 위로를 찾는다. 이는 자신의 무지에 대한 위안일 뿐이다. 과실이 전혀 없는 사람은 없다. 과실은 도처에 있다. 그러나 유명하지 않은 사람은 과실도 잘 알려지지 않는다. 현명한 사람은 남의 죄를 기억하거나 들춰내지 않는다. 그렇지 않은 사람이라면 겉은 좋은 사람이지만 속은 비인간적인 사람일 것이다.

126.

고상하고 자유로운 매력을 가져라. 이것은 재능에는 생명, 말에는 호흡, 행동에는 영혼, 명예에는 장식과 같은 것이다. 그 밖의 완벽함은 천성에 붙은 장식과 같다. 고상하고 자유로운 매력은 완전성의 장식이며 자연의 절대적 선물이다. 이는 교육 덕택이 아니며, 교육보다도 우월하다. 그 매력은 민첩하며 대담하기까지 하며 자발적이고 완벽함을 더해준다. 고상하고 자유로운 매력 없이는 모든 완벽함은 죽은 것, 모든 우아함은 서툰 것에 불과하다. 그것은 용기, 지혜, 신중, 위엄을 능가한다. 그 매력은 어려운 일을 없애고 우아한 동작으로 난처한 일을 헤쳐나가는 자랑스러운 지름길이다.

127.

숭고한 야망은 영웅에게 필요한 첫째 조건이다. 야망은 모든 위대함에 박차를 가하기 때문이다. 야망은 누구의 심중에 있더라도 고개를 쳐들고 분투한다. 때로 야망에 무거운 짐이 지워져도 그것은 빛나며, 아무리 아픈 운명이 야망의 노력을 헛되게 하려고 해도 그것은 곧 굳건한 의지로 되돌아온다. 야망 속에서는 모든 영웅적 성품이 드러난다.

128.

결코 하소연하지 마라. 위신을 해치는 독소일 뿐이다. 울화가 치밀어도 호기를 보이는 것이 한탄하는 것보다 낫다. 사람들은 자기가 겪은 부당함을 하소연하여 새로운 부당함의 계기를 만들려다가, 타인의 도움이나 위안을 얻으려다가 그들의 경멸을 사고야 만다.

한 사람에게 얻은 호의를 다른 사람에게 자랑하여 그에게도 비슷한 의무를 지우는 것이 더 뛰어난 수완이다. 자리에 없는 사람들에게 감사함으로써 자리에 있는 사람들에게도 그런 감사를 받고 싶어 하도록 충동할 수 있다. 즉 우리가 어떤 사람들에게서 얻은 명망을 다른 사람들에게도 나누어주는 것이다.

129.

행하라. 그리고 그대의 행동을 보여주라. 사물은 실제 모습보다는 그 외양으로 평가된다. 값어치를 지니고 있으면서 그것을 밖으로 내어 보일 줄 알면 그 값어치는 곱절이 된다. 때로 보이지 않는 것은 마치 없는 것과 같다. 정의는 그것이 정의로 보이지 않으면 존중받지 못한다. 거짓이 난무하고 사람들은 외양으로만 사물을 판단하지만 내면의 가치를 다른 이에게 표출하는 데 그만큼 손쉬운 방법도 없는 것이다. 훌륭한 외양은 내면의 완벽함을 알려주는 최고의 보증인이다.

130.

고귀한 심성, 관대한 정신, 폭넓은 아량을 가진 사람이 있다. 이러한 것이 아름답게 표현되면 그 성품은 찬란하다. 이 고결한 심성을 누구나 가질 수 있는 것은 아니다. 이는 정신의 위대함을 전제로 하기 때문이다. 그는 적을 좋게 말하고 그에게 더 나은 행동을 보인다. 복수할 기회가 주어졌을 때조차 그는 자신의 위용을 보인다. 즉 그 복수를 피하는 것이 아니라 승리의 직전에 예측하지 않았던 관용으로 그 복수를 바꾸는 것이다. 이 뛰어난 수완은 외교의 꽃이다. 그는 결코 오만하지 않고 승리에 도취하지 않는다. 승리의 공을 얻어도 그의 우아한 심성은 이를 자랑하지 않는다.

131.

사람들 속에서 바보로 있는 것이 혼자 현명하게 있는 것보다 낫다. 모든 사람이 바보라면 그들 중 누구도 자신을 바보로 보지 않을 것이다. 그러나 현명한 자가 한 사람 있다면 그는 바보 취급을 당한다. 때로 최고의 지식은 무지無知 속에, 무지를 가장한 것에 들어 있다. 사람들은 대다수의 무지한 사람과 함께 살아야 한다.

혼자 살려면 신神이나 금수禽獸와 같아야 할 것이다. 사람들 속에서 분별 있게 사는 것이 혼자서 바보로 사는 것보다 낫다. 자신을 바보로 만들어 독창성을 추구하는 바보도 간혹 있다.

132.

인생에 필요한 조건을 배로 구비하라. 그러면 생활 역시 두 배의 가치를 지닐 것이다. 아무리 좋은 일도 그 일에만 집중하여 매달리거나 국한시켜서는 안 된다. 사람은 모든 것을 곱절로 가져야 한다. 달이 차면 기울 듯, 인간의 연약한 인생 속에서 사물의 모습은 얼마나 더 모습이 바뀌겠는가. 이처럼 사그라지기 쉬운 인생을 탈 없이 이끌어 나가기 위해서는 사는 데 필요한 것들을 충분히 저장해야만 한다. 조물주가 우리에게 신체의 중요한 부분인 팔과 다리를 둘씩 주었듯이, 우리는 인생에 의지가 되는 것들을 곱절로 갖추는 기술을 가져야 무난한 인생을 이끌어 나갈 수 있다.

133.

반항심을 품는 것은 어리석은 일이다. 모든 지혜를 동원하여 그러한 마음이 일지 않도록 하라. 어려운데도 반항심을 드러내는 일은 예리한 정신으로 행한 일일지 모르나, 무분별한 고집이라는 비난을 면치 못할 것이다. 반항심을 품은 사람들은 유쾌한 유흥에서도 작은 싸움을 크게 확산시키고 아무 관계없는 사람들보다 자기 친구들을 더 적으로 만든다.

134.

사물의 핵심을 파고들어 일을 시작하라. 사람들은 사물의 본질을 파악하지 못하고 불필요한 생각으로 옆길로 새거나 수다에 빠진다. 이는 소모적인 일이다. 그들은 어느 한 점의 주위를 수백 번 뻥뻥 돌며 자신과 타인들을 피곤하게 할 뿐, 실제 본론에는 도달하지 못한다. 스스로 빠져나오지 못하는 혼란과 사고력 때문이다. 그만두어야 할 일에 그들은 많은 시간을 소비하고 인내심을 고갈시킨다. 그리하여 나중에는 그 일을 다시 시작하려 해도 이미 시간과 인내가 부족하게 되고 마는 것이다.

135.

  자신에게 만족하라. 늘 자신에게 만족했던 고대 그리스 철학자 디오게네스*는 죽었을 때 자신 안에 모든 것을 갖고 있었다. 자신에게 로마 제국과 전 세계를 줄 수 있는 만능한 권력이 있다면 스스로 그러한 사람이 되겠다고 다짐하라. 그러면 혼자서도 살아갈 능력이 있을 것이다. 자기 자신의 오성보다 더 큰 오성이 없고 자신의 취향보다 더 올바른 취향이 없는데 누구를 더 아쉬워하겠는가. 자기 자신에게만 의존할 수 있을 때 비로소 최고의 존재일 수 있으며, 최대의 행복을 느낄 수 있을 것이다.

---

* 디오게네스(BC 400년~BC 323년 추정). 기성 도덕이나 관념에 대한 비판적·조소적 태도를 취한 견유주의(犬儒主義) 철학자.

136.

사물을 내버려두라. 인생을 살아가다 보면 열정의 소용돌이에 부딪치곤 한다. 그럴 땐 여울이 있는 안전한 곳에 머무르는 것이 지혜다. 의사는 처방을 하는 만큼이나 처방을 않고도 치료하는 법을 알 필요가 있다. 때로는 수단을 이용하지 않고 일을 처리하는 것도 수완이다.

대중의 소용돌이 속에서 조용히 있으려면 양손을 뒤로 제치고 스스로를 가라앉게 하라. 제때에 양보하는 것이 결국은 승리를 안겨준다. 샘물이 흐려지면 그곳에 무엇을 넣어야 맑아지는 것이 아니라 내버려두어야 맑아진다. 혼란스러울 때는 저절로 조용해질 때까지 내버려두는 것이 최선의 방법이다.

137.

불행한 때를 알라. 그러한 때가 있기 마련이다. 그때는 되는 일이 없고 재난은 계속된다. 지혜조차도 닥치는 재앙 앞에는 속수무책이다. 그리고 누구도 항상 지혜로운 것은 아니다. 아름다움조차도 영원히 지속되지 않는다. 매사가 잘 안 풀리는 사람들이 있다. 반면에 어떤 사람들은 잘된다. 이들에게는 모든 것이 준비되어 있기 때문이다. 정신은 집중되어 있고, 기분은 최고이며 행운의 별은 머리 위에서 빛나고 있다. 그때에는 자신의 이점을 알아 이를 끊임없이 추구해야만 한다.

생각이 깊은 사람은 자신의 사고에 치우쳐 어떤 날을 결정적으로 나쁘다고 말하지도 완벽히 좋다고 말하지도 않는다. 왜냐하면 전자는 조그마한 불운, 후자는 우연한 행운에 불과할 수 있기 때문이다.

138.

　나만을 위해 귀 기울이지 마라. 자신의 마음에 드는 일도 남의 마음에 들지 않으면 별로 도움이 되지 않는다. 자신에게 만족하는 사람은 결코 다른 사람에게 만족하지 않는다. 스스로 말하고 동시에 듣는다는 것은 쉬운 일이 아니다. 또 자신하고만 얘기하는 것이 어리석듯 남 앞에서 자신의 이야기만을 경청하는 것은 곱절로 어리석은 일이다.

139.

　매사에 최선의 것을 택하라. 이는 좋은 취향에 대한 보상이다. 꿀벌은 꿀을 모으기 위해 단것으로 달려들고, 뱀은 독을 모으기 위해 쓴 것으로 달려든다. 어떤 사람들의 취향은 바로 좋은 쪽으로, 어떤 사람들은 바로 나쁜 쪽으로 향한다. 어떤 일에도 뭔가 좋은 것이 있다. 특히 생각의 산물인 책은 더욱 그렇다. 많은 사람들은 늘 불행한 생각만을 갖고 있어 천 가지 완벽함 속에서도 단 한 가지 과오가 있으면 이를 끄집어내어 질책하고 다른 사람들이 폐기한 것들을 열심히 수집한다. 그러면서 그들은 남의 과오를 기록하며 줄곧 쓴 것을 먹고, 불완전한 것을 그들 인생의 양식으로 삼으면서 슬픈 인생을 보낸다.

140.

경쟁자가 이미 좋은 쪽에 섰다고 심술을 부려 나쁜 쪽에 들어서지 마라. 상대방이 좋은 쪽을 택해 한발 앞섰다고, 그에게 적대하기 위해 일부러 나쁜 쪽을 택하는 것은 어리석은 짓이다. 고집쟁이는 억지로 진리에 대항하며 그것을 이용하는 것을 싫어한다. 현명한 자는 결코 감정의 편에 서지 않으며 항상 정당한 편에 선다. 물론 애초에 더 나은 것을 염두에 두고 좋은 쪽을 택한 경우도 있지만, 이때 그의 적수가 어리석다면 방향을 바꾸어 억지로 반대편인 나쁜 쪽에 설 것이다. 상대방을 좋은 쪽에서 쫓아내기 위한 유일한 방법은 자신의 좋은 쪽을 택하는 것이다. 상대방이 어리석다면 당연히 좋은 쪽을 놓칠 것이다.

141.

진부해지는 것이 두려워 역설적으로 되지 마라. 진부함이나 역설적인 것은 둘 다 극단적이어서 우리의 위신을 해친다. 모든 모험은 처세훈*에 어긋나는 것으로 어리석은 행위에 가깝다. 역설은 다분히 기만적인 것이다. 처음에는 달콤한 맛으로 찬사를 받지만 그 속임수가 드러나면 나쁜 결과가 닥친다. 그런 일이 국사國事에 있으면 국가를 파멸시킨다.

뛰어난 일로 진정 커다란 업적을 이루지 못하는 사람들, 또는 감히 하지 못하는 사람들이 역설적으로 되곤 한다. 우둔한 자들은 그것을 경탄하지만 현명한 자들은 이를 경고한다. 역설은 판단의 왜곡에서 나온다. 그리고 간혹 그것의 근거가 틀린 것이 아니더라도 불확실하기 때문에 중요한 일에는 큰 위험이 될 수 있다.

---

* 처세훈(處世訓).처세하는 데 도움이 되는 교훈.

142.

그대의 계획을 실현하기 위해서 다른 사람들의 계획에 참여하라. 이는 목표에 도달하는 신속하고 매력적인 전략이다. 선의를 모아 훌륭한 사업을 끌어들일 수 있기 때문이다. 그러나 반대할 가능성이 있는 사람 앞에서는 그 전략을 감춰야 한다. 자신의 계획이 드러나지 않도록 하기 위함이다. 이는 간접적 수단으로 계획에 착수하는 처세술 중 하나다.

143.

아픈 상처를 보이지 마라. 그러면 모두가 그곳을 찌를 것이다. 아프다고 말하지 마라. 악은 늘 약점을 노린다. 그대가 분노하면 상대방의 기분만 돋구워줄 뿐 아무 쓸모없다. 나쁜 의도는 범행을 저지를 기회를 찾으러 다니면서 아픈 곳을 찾을 때까지 끝없이 시도할 것이다. 그러니 신중한 자는 자기의 상처를 말하지 않고 개인적 불행을 드러내지 않는다. 때로는 운명조차도 그대의 가장 아픈 곳을 찌르기를 좋아한다. 그러니 아픈 곳도 기쁜 곳도 드러내지 마라.

144.

내면을 들여다보라. 모든 사물은 외양과 내면이 판이하게 다르다. 그래서 껍질인 외양만 보다가 내면에 이르면 착각은 사라진다. 착각은 피상적인 것이다. 그래서 언제나 사람들은 피상적인 것을 빨리 받아들인다. 참되고 바른 것은 멀찌감치 물러서서 자신을 숨긴다.

　사귀기 어려운 사람이 되지 마라. 아무에게도 속하지 않는 사람은 치유가 불가능한 어리석은 사람이다. 아무리 뛰어난 사람도 우정의 충고를 받아들일 여지는 있어야 한다. 왕의 권력조차 유순함을 배척해선 안 된다. 자신을 모든 것으로부터 폐쇄하는 사람들이 있는데, 그들은 아무도 붙잡아주려 하지 않으므로 끝내 몰락하고 만다. 가장 탁월한 사람도 우정에는 마음의 문을 열어야 한다. 우정은 도움이 된다. 친구에게는 그대를 질책할 자유가 있어야 한다. 그러면 친구의 충직과 분별에 대해 만족하게 되고, 권위를 차지하게 될 것이다.

　아무에게나 신임을 주어서는 안 된다. 그러나 자신을 지키려는 깊은 내면에는 질책을 통해 오류에 빠지는 것을 건져주는, 믿을 만한 사람을 고마워하고 소중히 여길 줄 아는 진실한 거울이 있다.

146.

 비난으로부터 벗어날 줄 알아야 한다. 악의惡意에 대항하는 방패를 갖는 것은 통치자의 술책이다. 이는 시기하는 자들이 말하듯 무능력에서 나오는 것이 아니라 실패에 머물지 않으려는 고도의 계산에서 나오는 것이다. 매사가 다 잘될 수는 없고 더욱이 모두를 만족시킬 수는 없다. 그러니 자족하기 위해서라도 결과가 불행한 일을 수습하고 그것으로부터 벗어날 대범함을 지니는 자세는 반드시 필요하다.

147.

대화의 기술을 가져라. 사람은 대화 속에서 자신을 드러낸다. 인생에서 이보다 더 큰 주의를 요하는 일은 없다. 대화 자체가 가장 일상적이기 때문이다. 사람들은 대화로 특출해지거나 몰락한다. 편지는 깊이 생각하여 쓰는 대화이기에 조심해야 하고, 준비 없이 재치에 의한 일상 대화는 더욱 그렇다. 경험 있는 자들은 혀 속에서 맥을 발견한다.

그래서 소크라테스는 "말하라, 그러면 내가 너를 볼 수 있다."라고 말했다. 어떤 사람들은 옷처럼 느슨하고 아무런 기술이 없는 것이 바로 대화의 기술이 있는 것이라고 생각한다. 친한 친구 사이에서는 이런 기술의 구사가 가능하나 중요한 사람들과 환담할 때는 말하는 내용을 더 함축적으로 표현해야 한다. 이를 달성하려면 상대방의 기분이나 분별력에 자신을 맞춰야 한다. 말하는 데는 능변보다 사려분별이 더 중요하다.

148.

먼 훗날을 생각하라. 미래를 위해 시간을 할애하는 것은 최고의 선견이다. 신중한 자에게는 위험도 사고도 없다. 늪 속에 빠질 때까지 생각을 미루지 마라. 사전에 조치를 강구하라. 잠자리의 베개는 말없는 예언자다. 시작하기 전날 밤, 잠들기 전에 생각하는 것이 시작하고 나서 일이 잘못되었을 때 후회하는 것보다 낫다. 올바른 길을 잃어버리지 않기 위해서. 살아가는 것 자체가 생각의 연속이어야 한다.

149.

　자기 일을 돋보이게 할 줄 알라. 사물은 내적 가치만으로 족하지 않다. 모든 사람이 사물의 핵심을 건드리거나 내면을 들여다보는 일은 없으니까. 일반 대중은 오히려 남들이 모두 가는 것을 보고 따라 간다. 때로 자신의 일에 스스로 멋있는 이름을 붙여 칭찬하여 존경받도록 하는 것은 큰 기술이다. 칭찬은 타인의 욕구를 자극하기 때문이다.

　그러나 거드름은 피해야 한다. 또 자기가 칭찬하는 일은 현명한 사람들만이 해낼 수 있다고 규명하는 것도 자극제가 된다. 왜냐하면 일반 사람들은 모두 스스로를 그런 사람으로 간주하기 때문이다. 반면에 자기의 일을 결코 가볍고 평범한 일로 너무 낮추지는 마라. 부담을 덜기보다는 경멸의 대상이 되고 말 것이다. 사람들은 보다 그럴싸한 것을 갈망하기 때문이다. 그것은 취향에도 사고思考에도 더 매력적이다.

150.

큰 틈을 메워야 하는 일에 뛰어들지 마라. 피치 못할 경우에는 앞사람을 능가할 만큼 안전할 때 하라. 앞선 자에게 견줄 만큼 되려면 그대의 가치가 곱절은 되어야 한다. 우리 뒷사람이 우릴 존경하게 만드는 것이 좋은 일이 듯 앞사람과 나의 격차가 너무 벌어지지 않도록 주의하는 것도 당연한 일이다.

큰 틈을 메우는 것은 어렵다. 왜냐하면 지난 것이 항상 좋아 보이므로. 그러니 앞사람과 똑같이 되기는 힘들다. 그는 진즉에 기득권을 갖고 있기 때문이다.

151.

자기를 무색하게 하는 사람과는 어울리지 마라. 장점이 많으면 존경을 더 받는다. 그가 주역일 때 그대의 차지는 차역밖에 없다. 그러니 그대를 능가하는 사람과 어울릴게 아니라 그 사람으로 인해 그대가 돋보일 수 있는 사람과 어울려라. 베 짜는 여신 파블라도 그녀를 수행하는 시녀들이 남루한 옷을 입고 있었기 때문에 자신은 군신軍神에게 아름답게 보일 수 있었다.

나쁜 친구들과 어울려 위험에 빠지거나 자신을 희생하면서까지 남에게 영예를 주어선 안 된다. 아직 일이 진행 과정에 있으면 탁월한 사람들 편에 서라. 하지만 당신이 이미 성공한 사람이라면 평범한 사람들 편에 서는 것이 낫다.

152.

쉽게 믿지도 사랑하지도 마라. 정신의 완숙함은 믿음에서 생겨난다. 거짓은 비천하나 믿음은 그렇지 않다. 그러나 상대방의 말이 의심스럽다고 해도 이를 눈치채게 해서는 안 된다. 말하는 자를 당장 사기꾼으로 모는 것은 정중하지 못하다. 듣는 자가 판단을 주저하는 것은 지혜롭다. 듣는 자가 자신의 감정을 바로 보이는 것은 조심성 없는 짓이다. 사람은 말과 행동에 의해 인격이 보인다. 그러나 행동은 더 활성적이어서 그것이 어긋나면 그 위험은 더 크다.

153.

화낼 줄 아는 기술을 배워라. 천한 분노는 멀리해야 한다. 이성 있는 자에게 이는 어려운 일이 아니다. 그러나 화를 낼 경우 먼저 필요한 것은 자신이 화내고 있음을 아는 일이다. 그 화가 어떠한 결과를 가져올지 예측하고 어디서 멈춰야 할지를 추측해야 한다. 그리고 더 이상은 나아가지 마라.

이 신중한 책략으로 분노를 적절한 때에 멈출 줄 알라. 왜냐하면 움직이는 것을 멈추는 일이 가장 어렵기 때문이다. 우둔한 자들이 판단력을 잃고 있을 때 그대가 그것을 지니고 있으면 현명한 것이다.

지나친 열정은 우리의 천성인 이성理性에서 벗어나는 것이다.

154.

사람에게 속지 마라. 사람에게 속는 것은 아주 쉬우면서 아주 나쁜 것이다. 상품에서보다 차라리 가격에서 속는 게 낫다. 무엇보다 상대방의 내면을 들여다볼 줄 아는 것이 필요하다.

상품을 아는 것과 사람을 아는 것은 같은 일이다.

친구를 스스로 선택하라. 친구는 심사숙고한 후에 선택해야 한다. 대부분의 친구는 우연히 생긴다. 사람들은 그 친구를 보고 평가한다. 그러나 어떤 사람이 좋아지더라도 그와 절친한 친구가 되는 것은 아니다. 이는 그의 능력을 신뢰해서라기보다는 그와의 여흥에서 오는 호감일 수도 있으니까.

진실한 우정과 그렇지 못한 우정이 있다. 후자는 오락을 위한 것, 전자는 훌륭한 생각과 행동의 결실에서 오는 것이다. 친구 한 명의 유능한 통찰은 다른 많은 사람들의 선의보다 더 유익하다. 그러니 우연에 맡기지 말고 자신이 선택하라. 지혜로운 자는 불쾌한 일을 피할 줄 알지만, 우매한 자는 이를 가져다준다. 진정한 친구는 우연한 행운 속에서도 주변에 감사할 줄 아는 자다.

156.

말할 때 자신을 조심하라. 경쟁자들과 있을 때는 경계하기 위해 다른 사람들과 있을 때는 자신의 위신을 지키기 위해. 말을 뱉기 전에 시간은 얼마든지 있다. 그러나 이미 뱉은 말은 담을 수 없다. 말할 때는 유언을 하듯 하라. 말수가 적을수록 다툴 일도 적다.

비밀스러운 것은 항상 신神의 체취 같은 신비로움을 지니고 있다.

말할 때 경솔한 자는 결국 지고 만다.

157.

친구를 이용할 줄 알라. 그러기 위해서는 센스가 있어야 한다. 각자 알맞은 정서적 거리를 유지하는 것이 중요하다. 어떤 사람은 멀리 있을 때 좋고 어떤 사람은 가까이 있을 때 좋다. 어떤 사람은 서신왕래에는 좋으나 대화에는 안 맞는다. 떨어져있으면 가까이 있을 때 참기 어려운 서로의 과실을 덜어주므로.

친구와는 여흥을 즐길 뿐 아니라 친구를 이용할 줄도 알아야 한다. 친구란 우애, 진실, 자비, 이 세 가지 덕목을 지녀야 한다. 친구는 무엇보다 소중하나 좋은 친구가 될 사람은 적다. 게다가 우매한 선택이면 그 수는 더욱 줄어든다. 친구를 보존하는 일이 얻는 것보다 더 소중하다. 오래가는 친구를 구하라. 새로 사귄 친구라도 오랜 친구가 될 수 있다는 희망을 가져라.

가장 좋은 친구는 신랄한 조언을 해주는 사람이다. 친구가 없는 것보다 더 큰 외로움은 없다. 우정은 좋은 것을 같이 가꾸고 나쁜 것을 서로 나눈다. 이는 불행을 견뎌내는 유일한 수단이며, 영혼의 자유로운 호흡이다.

158.

우둔한 자를 참을 줄 알라. 현명한 자들은 인내심이 부족하기 쉽다. 지식이 늘면 성급함도 늘기 때문이다. 에픽테토스*가 말했다. 최고의 처세훈은 참을 줄 아는 것이며 지혜의 절반은 참는 데 있다고.

우리는 우리가 의지하는 사람들에 대해서는 종종 인내심을 발휘한다. 이는 극기克己를 위한 좋은 연습이다. 참으면 평화로워지고 세상이 행복해진다. 그러나 인내심이 없는 자는 자신 속에 도피하라. 만일 자기 자신을 참는 일이 그래도 가능하다면.

---

* 에픽테토스(50~138). 그리스 출신의 철학자. 네로 황제에 의해 노예 신분에서 해방됨. 로마 스토아학파의 철학자.

159.

자기가 자주 범하는 과실에 민감하라. 완벽한 인간도 그런 잘못은 갖고 있어 그것과 비밀스럽게 절친한 사이다. 그러한 과실은 때로 정신 속에도 있다. 그것이 클수록 더 눈에 띈다.

자기 과실을 알면서 이를 두둔하는 것, 이는 이중의 불행이다. 과실에 열정적으로 끌리는 것은 부끄러운 오점이며 자기 마음에 드는 만큼 타인에게는 혐오스럽다. 자신의 또 다른 장점을 위해서는 그런 오점으로부터 과감히 벗어나야 한다.

누가 그러한 과실을 겪으면 사람들은 그의 경탄할 일, 칭찬할 일에는 침묵하고, 될 수 있으면 재능을 비난하려는 것이 그들의 심사이니까.

160.

경쟁자에게 승리하는 법을 알라. 상대방을 경멸하는 것으로는 분별이 있다 해도 충분하지 않다. 더 중요한 것은 아량이다. 자신을 중상하는 사람을 비호하는 자는 최고의 찬사를 받을 만하다. 적수를 이기고 그를 괴롭히는 영웅적인 복수는 바로 재능과 공을 겸비하는 것이다. 새로 얻은 행운은 악의 있는 경쟁자의 목을 조이는 강력한 끈이다. 또 자신의 명성은 경쟁자에게는 모든 벌 중에서 가장 혹독한 것이다.

행운에서는 독毒이 나온다. 그래서 타인의 행운을 질투하는 자는 한 번만 죽는 것이 아니라 찬사의 음성이 상대방에게 울려 퍼질 때마다 죽는다. 한 사람의 불멸하는 명성은 다른 사람에게는 고통이다. 그러하므로 전자는 영예 속에서 살며, 후자는 고뇌 속에서 몸부림친다.

161.

사람의 말과 그의 업적을 구별하라. 그러기 위해서는 고도의 정확성이 필요하다. 사람마다 천차만별이기 때문이다. 좋은 말도 없고 나쁜 일도 없으면 좋은 일이 아니다. 그러나 나쁜 말이 없고 좋은 업적도 없으면 더 나쁜 일이다.

말은 바람과 같아 막을 수 없기 때문에 점잖만 빼며 살 순 없다. 그것은 예의만 차리는 기만이다. 말은 업적의 담보가 되어야 한다. 그때 비로소 말의 가치가 살아난다. 열매를 맺지 못하고 잎사귀만 지닌 나무는 생명력이 없다. 열매 맺는 나무는 소용과 가치가 있지만, 열매 맺지 못하는 나무는 그늘만을 위한 것이다.

162.

동정심이 앞서 불행한 자의 운명을 자신의 것으로 받아들이지 마라. 어떤 사람의 불행이 다른 사람에게는 행복일 경우가 있다. 다른 많은 사람들이 불행해져야만 어떤 사람들이 행복해질 수 있기 때문이다. 불행한 자는 남들의 연민을 쉽게 얻어 그것으로 운명의 시련을 보상하려 한다.

어떤 사람이 행복의 정상에 있을 때는 모든 사람이 싫어했으나 불행해지자 모두 그를 동정하는 경우를 숱하게 본다. 자기보다 숭고한 자에 대한 복수심은 추락한 자에 대한 연민으로 변한다. 그러나 현명한 자라면 운명의 카드가 종종 뒤섞인다는 것을 잊지 않는다.

항상 불행한 사람들과만 어울리는 사람들이 있다. 어제는 행복한 자라 하여 사람들이 기피했으나 오늘은 불행한 자가 되어 사람들에게 둘러싸여 있는 자를 보라. 이는 지혜와는 거리가 먼 것이다.

163.

　자신을 도울 줄 알라. 위험에 처했을 때 강한 심장보다
더 좋은 동행자는 없다. 심장이 약해지면 옆의 다른 기관
들이 그것을 보조해야 한다. 스스로 도울 줄 알면 어려움
이 줄어든다.

　자신의 운명에게 화살을 겨눠서는 안 된다. 그러면 운
명은 더욱더 견디기 힘들 것이다. 많은 사람들은 재난을
당했을 때 자신을 잘 돕지 않는다. 그 재난을 참고 견뎌
내지 못하면 곱절의 고통을 겪게 될 것이다.

164.

성실한 경쟁자가 돼라. 적수가 되더라도 값어치 없는 적수이어서는 안 된다. 누구나 자기 뜻대로 행동해야지 남들이 원하는 대로 행동해서는 안 되는 것이다. 적과 싸울 때도 아량 있는 자가 갈채를 받는다.

싸울 때도 단지 힘만 갖고 싸울 것이 아니라 싸우는 법을 알고 승리하기 위해서 싸우라. 비열한 승리는 영예가 아니라 더 없는 패배다.

성실한 사람은 감춰진 무기를 쓰는 것과 같다. 이미 끝난 우정을 증오의 대상으로 하는 것은 비열한 무기를 쓰는 것과 같다.

사람은 주어진 신뢰를 복수에 이용하지 말아야 한다. 배신한 후에 냄새를 풍기면 좋은 명성이 더럽혀지기 때문이다. 신중한 사람에게 비열함은 낯선 것이다. 아량, 관대, 신뢰를 잃었더라도 우리 가슴속에서 그것들을 다시 찾을 수 있으리라는 데에 우리의 명예를 걸자.

165.

　백번 맞추기보다 한 번 틀리지 않도록 하라. 찬란한 태양은 아무도 보려하지 않으나 지는 석양은 모두 보려 한다. 비열한 평판은 그대의 성공을 칭송하지 않고 그대의 과실을 험담할 것이다. 험담은 좋은 일에 대한 평판보다 나쁜 일에 대한 소문을 퍼뜨린다. 많은 사람들은 세상을 다 살고 죽는 날까지 이를 깨닫지 못한다.

　한 사람이 평생 이룬 업적을 합해도 작은 오점 하나를 지우지기에는 충분하지 않다.

166.

우둔한 사람이 되지 마라. 그런 자들은 거만하고, 허영적이고, 고집에다 변덕스럽고 독선적이며, 극단적이고 오만상을 찌푸리는 데다 이단자로, 비뚤어진 머리를 가진 사람들이다. 그들은 모두 철면피한 괴물들이다. 정신적 기형은 육체적 기형보다 더 추하다. 정신적 기형은 최고의 아름다움에 역행하기 때문이다. 어느 누가 그런 완전히 비뚤어진 추함에 관심을 가질 것인가.

자신이라는 커다란 보호막이 없어지면 판단력이 흐려진다. 그러면 남들이 조롱하리란 생각 대신에 그들에게서 찬사 받으리라는 착각에 빠지게 된다.

167.

항상 여유를 가져라. 그래야 그대의 지위가 안전하다. 자신의 능력과 힘을 한꺼번에 모두 사용해서는 안 된다. 어떠한 위험에 이르는 나쁜 결과가 있을 때는 언제든지 빠져나갈 무엇을 지녀야 한다. 구원병은 공격병보다 더 많은 것을 한다. 신뢰와 굳건함을 보여주기 때문이다.

168.

호의를 남용하지 마라. 훌륭한 후원자는 큰일이 일어날 때를 위해 있는 것이다. 작은 일에 큰 믿음을 갖지 마라. 그것은 그대의 호의를 낭비하는 일이다. 작은 목적을 위해 큰 것을 낭비한다는 것은 어리석은 일이다. 든든한 후원자보다 더 귀한 것이 없고, 호의보다 더 값진 것은 없다. 호의는 세상을 세우기도 하고 무너뜨리기도 한다. 정신을 주고 빼앗기도 한다. 큰 재산보다 나를 응원하는 자의 신뢰를 얻는 것이 더 중요하다.

169.

무슨 일이든 감행하는 자와는 가까이 하지 마라. 그럴 경우 심한 투쟁이 따른다. 상대방은 수치심도 걱정도 없이 나타난다. 그에게는 이미 막장에 와 있고 더 이상 잃을 것이 없는 최악의 상태이기 때문이다. 그래서 어떤 철면피한 일에도 달려든다. 그런 끔찍한 위험 앞에 자신의 더없이 소중한 평판을 내맡겨서는 안 된다. 그것을 얻는데 수년이 희생되었지만 한순간에 잃을 수 있다.

의무감과 명예심이 있는 사람은 많은 것을 잃기 쉬우니 위신을 지켜라. 자기 위신을 다른 것과 더불어 사려 깊이 생각하라. 신중하게 관여하고 일에 착수할 때는 조심하라. 적당한 때에 물러서서 자신의 명망을 안전하게 할 준비를 갖춰라. 한번 불행해져 잃어버린 것은 행복이 오더라도 결코 다시는 얻을 수 없는 것이다.

170.

교제에서도 우정에서도 약해지지 마라. 어떤 교제와 우정은 아주 쉽게 깨어져 그 관계에 결함이 있음을 드러낸다. 그것들은 거짓과 반감으로 가득 찬 것이다. 그런 사람들의 기분은 농담도 진담도 견디지 못하고 자기 눈동자보다 더 연약하다. 의미 없는 사소한 일에도 결말을 못보고 기분이 상한다.

그들과 교제하는 사람은 극도로 주의해야 한다. 항상 그들의 연약함에 신경 쓰고 수시로 표정도 살펴야 한다. 조금만 나쁜 일에도 불쾌함을 드러내는 그들은 대부분 아주 괴짜다. 자기 기분의 노예가 되어 모든 것을 내팽개친다. 스스로 환상에 젖어 자기 명예를 우상처럼 숭배한다. 반면에 사랑하는 사람의 감정은 다이아몬드처럼 아름답고 단단하고 오래간다.

171.

조급하게 살지 마라. 매사를 적당히 나눌 줄 알면 거기에 즐거움이 있다. 사람들은 인생보다 행운이 먼저 끝난다. 그들은 그 행운을 즐기기보다는 그것을 망친다. 그리고 행운이 멀리 떠난 다음에야 후회한다. 그들은 인생의 환희를 앞질러 가 미래를 다 갉아먹는다. 그들은 성급하여 모든 것을 쉽게 끝장내 버린다.

사람은 배울 때도 정도를 지켜 차라리 안 배우는 것이 더 나을 때는 배우지 않아야 한다. 우리의 삶은 기쁜 날보다 기쁨이 없는 날이 더 많다. 그러니 여흥은 천천히, 일은 빨리 마무리해야 한다. 일과를 끝내는 것은 좋으나 여흥이 빨리 끝나는 것은 아쉬움이 남으므로.

172.

내실 있는 사람이 돼라. 그런 마음을 가진 사람은 내실 없는 일에는 만족하지 않는다. 모든 사람이 겉으로는 온전한 듯 보여도 실은 그렇지 않다. 오히려 믿을 수 없는 사람들이 더 많다.

그들은 망상을 잉태하여 기만을 낳고, 그들과 비슷한 사람들의 지원을 받는다. 불확실한 기만을 확실한 진실보다 선호한다. 한번 기만하면 더 많은 기만을 필요로 한다. 그 모든 것이 망상에 의한 사상누각이어서 반드시 쓰러지게 되어 있는데도 말이다.

거짓 세워진 것은 결코 지속되지 못한다. 그리고 많은 약속을 하는 것은 벌써 의심스러운 것이다. 지나치게 많은 것을 제시하는 것은 그 자체가 비정상이다.

173.

통찰력을 가져라. 아니면 그것을 가진 자에게 귀를 기울여라. 자신의 지혜나 남의 지혜의 도움 없이 살 순 없다. 사람들은 자신의 무지를 알지 못한다. 사람들은 자신들이 안다고 믿지만 알지 못한다.

허약한 두뇌엔 약이 없다. 무지한 자들은 자신을 모르므로 자기들에게 모자라는 것을 찾지도 않는다. 스스로 현명하다고 믿지 않으면 현명한 일이다. 그래서 지혜로운 예언자들이 그 수도 드물지만 하릴없이 살고 있는 것이다. 아무도 그들에게 조언을 구하러 오지 않으니까.

남에게 충고를 구한다고 자신의 위대함이 줄어들지는 않는다. 이는 자신의 능력 부족에서 오는 것이 아니다. 오히려 충고를 잘 들을 때 자신이 능력 있음을 증명하는 것이다.

174.

평상시에 허물없는 교제를 피하라. 신뢰를 쏟아부으면 탁월함을 잃고 만다. 자신에 대한 완벽함을 완전히 드러내면 공경마저 빼앗긴다. 별은 높은 곳에 떠 있기 때문에 그 찬란함이 신비하듯 신神적인 것은 경외심을 낳는다. 붙임성은 경멸의 길을 터준다. 세상사가 그렇다. 많이 갖고 있는 것일수록 이를 경시한다. 많이 있음을 자랑하는 것도 완벽하지 못함을 드러내는 것이다. 자기보다 높은 자를 완전히 신뢰하지 마라. 이는 위험하다. 자기보다 낮은 자를 전부 믿지 마라. 무엇이든 당연해지는 것은 위험을 낳는다.

그들에게 호의를 보이면 그들은 그것을 우리의 의무로 오해한다. 허물없는 붙임성이 너무 오래 지속되면 비천함을 닮아간다.

175.

자기 마음을 믿어라. 그 마음이 확실할 때는 특히, 그리고 그 마음의 소리를 경청하라. 마음은 때로 무엇이 가장 중요한 것인지 알려준다. 내면의 진실한 예언자다. 많은 사람들은 천성적으로 참된 마음을 갖고 있다. 마음은 불행이 닥칠 때면 예방하라고 경고한다. 불행을 무릅쓰고 무턱대고 나아가는 것은 바른 지혜가 아니다.

176.

침묵은 유능한 두뇌의 봉인이다. 비밀이 없는 가슴은 공개된 편지와 같다. 근원이 깊은 곳에는 비밀도 깊숙이 숨겨져 있다. 침묵은 품위 있는 자제自制에서 나온다. 그리고 여기에서 자신을 극복하는 것이 참된 승리다. 사람은 자기가 할 일을 말할 필요가 없고, 이미 말한 것은 더 할 필요가 없다.

177.

경쟁자가 하는 일을 잘못 본받지 마라. 그대가 우둔하면 영리한 자가 좋다고 생각한 것을 결코 하지 않을 것이다. 왜냐하면 그대는 그 좋은 점을 발견할 수 있는 능력이 없으므로. 또는 그대가 영리하다면 남이 이미 앞서 한 것에 뒤늦게 발을 내딛지는 않을 것이다.

178.

거짓말을 하지 말고, 그렇다고 진실을 다 말하지도 마라. 진실처럼 조심해야 할 것은 없다. 이는 심장의 피를 뽑아내는 것과 같다. 진실을 말할 줄 아는 것도 침묵할 줄 아는 것도 다 중요하다.

사람은 단 한 번의 거짓말로 완전한 명성을 한순간에 잃을 수 있다. 사기가 범죄라면 사기꾼은 더 나쁘고 불성실한 인간이다.

모든 진실을 다 말할 수는 없다. 때로는 우리 자신을 위해서, 간혹은 다른 사람들 때문에.

179.

매사에 약간의 대담성은 큰 지혜다. 상대방을 두려워하지 않기 위해 나의 능력을 믿어 보는 것도 필요하다. 마음의 상상력이 지나치게 우세하지 못하게 하라. 사람들은 그들을 개인적으로 알기 전까지는 대단해 보인다. 그러나 실제 교제해보면 그들에 대한 평가보다는 자기가 가졌던 환상이 깨어지는 경우가 더 많다.

인간성의 한계를 넘어서는 사람은 없다. 모두가 결점을 갖고 있다. 직분과 위엄은 겉보기에만 훌륭할 뿐, 인격이 같이 따르는 경우는 드물다.

그러나 상상력은 늘 한발 앞서 매사를 실제보다 훨씬 훌륭하게 그린다. 실제 있는 일뿐 아니라 있을 수 있는 일까지도 상상한다. 이성이 많은 체험을 거쳐 그런 환상에서 벗어나게 되면, 미덕도 너무 수줍어하거나 우둔함도 너무 뻔뻔스럽지 않게 될 것이다.

때로는 자신감이 우둔함에도 도움이 되는 데 가치 있는 것과 이해하는 데는 얼마나 큰 도움이 되겠는가.

180.

　의례적으로 행동하지 마라. 제왕조차도 이 치레에 빠지면 우스꽝스럽다. 매사에 트집잡기를 좋아하는 자는 귀찮다. 그러나 사실상 국민 모두가 이런 버릇을 갖고 있다. 우둔한 자의 옷은 그런 버릇으로 기워져 있다.

　의례를 지키는 것도 좋다. 그렇다고 거창한 의전관이 될 필요까진 없다. 사람은 모든 형식을 차리지 않을 때 비로소 더 뛰어난 미덕을 행하게 한다.

181.

지나친 확신은 마라. 우둔한 자는 반드시 확신하고 확신하는 자는 모두 우둔하다. 그들은 잘못된 판단일수록 더 고집을 부린다. 권리가 있어도 양보하는 것이 더 낫다. 사람들은 우리의 이유도 다 알고 있고 우리가 점잖음도 익히 안다. 사람은 승리로 얻는 것보다 완고한 고집으로 잃는 것이 더 많다. 그것은 진리 아닌 거칠고 천함을 변호하기 때문이다.

확신시키기 어려운 자들이 있는가 하면 무슨 일이든 철저히 확신하는 변덕스러운 고집쟁이들이 있다. 둘 다 우둔함과 결코 떨어질 수 없는 사이다. 그러한 단호함은 분별력이 아닌 의지에서 나올 뿐이다. 그러나 여기서도 예외가 있다. 즉 잘못 판단하고 또 그 판단에 따른 이행해서 실패했을 때 그 피해는 이중이 될 것이다.

182.

자신의 명예를 단 한 번의 시험에 걸지 마라. 만일 실패하면 그 피해는 회복할 수 없다. 한 번은, 그것도 맨 처음엔 실패할 수 있다. 시간과 기회는 늘 오지 않는다. 그래서 누구는 운이 좋을 때를 맞았단 말도 있잖은가. 첫 번째 시험이 성공하든 실패하든 두 번째 시험을 위한 담보가 돼라.

183.

자신의 명망이 높더라도 잘못이 있으면 이를 인정하라. 청렴한 자는 악덕이 비단과 금으로 치장했어도 결코 간과하지 않는다. 악덕은 결코 고상한 것이 아니기 때문이다. 훌륭한 사람에게 이런저런 과실이 붙어 있을 지라도 그 때문에 그가 훌륭한 사람이 못 되는 건 아니다. 훌륭한 자의 위엄은 설득력이 있어 그의 과실을 간과하게 하지만, 하찮은 자의 과실은 보이는 대로 경멸할 뿐이다.

184.

유리한 일에는 직접 나서고 불리한 일에는 남을 통하라. 전자로는 호의를 얻고 후자로는 반감을 피할 수 있다. 훌륭한 사람이 선행을 하면 좋은 일이 생긴 때보다 기쁨이 더 크다. 이는 그의 고결한 마음에 스며드는 행복이다.

남에게 고통을 주면 자기 스스로도 연민이나 보상으로 그 고통을 감수해야 한다. 그러니 좋은 것은 직접 베풀고 나쁜 것은 간접적으로 남을 통해서 하라. 군중의 분노는 들개의 분노와 같다. 그들은 자기들에게 오는 고통의 원인을 알아차리지 못하고 꼭두각시에게만 달려든다. 꼭두각시는 진짜 원인이 아니면서도 앞에 나선 탓에 보복을 받게 되는 것이다.

185.

좋은 소식을 전하는 자가 돼라. 그러면 그대의 좋은 취향을 증명하고 또 다른 때도 그대가 가장 좋은 것을 가릴 줄 안다고 사람들이 생각할 것이다. 어제 좋은 것을 알아본 자는 내일도 이를 알아볼 것이다. 주위의 사물 중 완벽한 것을 존중하는 것은 예의를 지키는 일이다.

늘 나쁜 소식을 전하는 자들 앞에서 없는 자를 헐뜯기 좋아하는 사람이 있다. 다른 사람을 나쁘게 말하는 것이 얼마나 간교한 일인지를 다른 사람들은 알지 못한다.

정략가들은 어제 있었던 탁월한 일보다는 오늘 있는 평범한 일을 더 소중히 여긴다. 분별 있는 자는 이런 모든 간계를 간파하며 어떤 사람들의 과장된 이야기에 용기를 잃지도, 어떤 사람들의 아첨에 들뜬 기분이 되지도 않는다.

186.

　매사에 위안을 찾으라. 하잘것없는 사람들이 할지라도 자신이 오래오래 살 수 있으리라는 데서 위안을 찾는다. 예컨대 어떠한 근심도 위안을 찾을 수 있다. 우둔한 자들에게는 그들이 행복하다는 것이 위안이다. 오래 살려면 별로 쓸모없는 것이 한 방법이다. 질 나쁜 것은 잘 깨지지 않고 수명이 길어 지겨움을 일으킬 정도다. 운명은 중요한 사람들을 질투하는 것 같다. 운명은 쓸모없는 사람들에게는 긴 수명을, 중요한 사람들에게는 짧은 수명을 부여하기 때문이다.

187.

　사람들에게 부족한 것을 이용하라. 이는 그들의 욕구를 불러일으키는 효과적인 도구가 될 수 있다. 철학자들은 욕망이 천한 것이라고 말하지만 정치인들은 그것이 전부라고 말한다. 사람들은 남들이 갈망하는 것에서 자신들의 목적을 달성하는 계기를 만들 줄 안다. 그들은 기회를 이용하여 어떤 일이 달성되기 어렵다고 선전하며 남들의 흥미를 돋운다. 그들은 남들이 소유했을 때보다 욕구할 때의 열정이 더 큰 것을 알고 이에 기대를 건다. 저항이 크면 클수록 소망도 더 열정적이 되니까.

　자신의 목적을 달성하기 위해 자신에게 의존하게 만드는 것은 아주 영리한 일이다.

188.

겉치레만 화려한 예절에 만족하지 마라. 속임수다. 어떤 자들은 마법을 쓰는 데 테살리아*의 약초가 필요 없다. 아첨하면서 모자 한번만 벗으면 허영심 강한 바보들은 저절로 마법에 걸리니까. 진실한 예절은 의무처럼 행해야 한다. 쓸모없으면서도 꾸미기만 한 예절은 기만일 뿐이다.

이는 영예를 트는 길이 아니라 타인들을 자기 밑에 종속시키는 수단에 불과하다.

189.

평화롭게 사는 자가 오래 산다. 살고 싶을 때까지 살게 내버려두라. 평화로운 자는 스스로 살 뿐 아니라 군림한다. 보고 듣고 그리고 침묵하라. 낮에 싸움이 없으면 밤에 조용히 잘 수 있다. 오래 살고 기분 좋게 사는 것이 모두를 위해 사는 것. 그것은 평화의 결실이다. 매사를 다 명심하는 것보다 피곤하고 고약한 것은 없다.

* 테살리아. 그리스 중부 지방.

190.

자신을 잘 파악하고 자신의 목적을 분명히 알라. 인생에 발을 디딜 때는 특히 그렇다. 누구나 자신을 고상하게 여긴다. 그럴 이유가 가장 적은 사람들이 특히 그렇다. 누구나 행복을 꿈꾸고 자신을 경이로운 존재로 여긴다. 그 허황한 상상은 진짜 현실에 의해 깨어지면 고통의 근원이 되고야 만다. 지혜로운 자는 그런 착각에 거리를 두고 인생을 관조하며 살아간다. 항상 최선의 것을 희망할 수 있다.

그러나 최악의 것도 늘 염두에 둬라. 어떤 일이 닥쳐도 평정을 유지하기 위해, 화살이 맞출 수 있도록 목표를 좀 높이 두는 것이 좋다. 그러나 너무 높게 잡아 그로 인해 인생 경력을 완전히 그르쳐서는 안 된다.

어리석음을 사전에 방지하는 최고의 방법은 통찰이다. 누구나 자신의 능력의 한계를 알아야 한다. 그러면 자신의 관념과 생각을 현실에 맞게 고칠 수 있을 것이다.

191.

자신의 일에서 발뺌하기 위해 딴 사람 일에 관여하는 자를 조심하라. 교묘한 간계를 냄새 맡으려면 민감한 코가 있어야 한다. 사람들은 자신의 용무를 딴 사람의 용무로 만든다. 이를 눈치채지 못하면 상대방의 간계를 알 길 없어 매번 발 디딜 때 마다 더 깊은 수렁으로 빠져든다. 불 속에서 자신의 손을 태워가며 다른 사람에게 이익이 되는 것을 끄집어내기 위해.

192.

평가할 줄 알라. 사람들은 나름대로 무슨 일인가에 다른 사람의 스승이 될 수 있다. 한 사람을 능가하는 사람을 또 능가하는 사람이 있다. 지혜로운 자는 매사를 평가할 줄 안다. 매사에 좋은 것을 발견하고 또 어떤 일을 좋게 하려면 무엇이 필요한지 알기 때문이다.

우둔한 자는 모든 사람을 경시한다. 그는 좋은 것을 보지 못하고 나쁜 것을 선택한다.

193.

행운의 별이 어떤 것인지 알라. 누구에게나 그 별은 있다. 불행한 사람은 자기의 별을 알지 못한다. 어떤 사람들은 이유 없이 군주나 권력자의 은총을 입는다. 운명이 그들을 도와주었기 때문이다. 노력은 다만 운명의 보조 역할을 했을 뿐이다. 어떤 사람들은 현인들의 은총을 입는가 하면, 직위나 신분에서 타인보다 운 좋은 사람들이 있다. 운명은 언제 어디서든 마음 내키는 대로 뒤섞을 수 있다.

그러니 누구나 자기 재능뿐 아니라 자신의 행운의 별도 알아라. 그 별을 따르고 조력하면서 그것이 뒤바뀌지 않도록 조심하라. 당신의 행운의 별은 언제나 있다.

194.

어리석은 자를 떠맡지 마라. 어리석은 자들을 알아보지 못하는 사람은 스스로 바보다. 알고 있으면서 그들로부터 멀리하지 못하면 더 바보다. 어리석은 자들은 피상적인 교제에서는 위험하고 신뢰하는 교제에서는 부패하기 쉽다. 바보들 스스로가 한동안 조심하고 타인들이 신중하더라도 그들은 결국 어리석은 짓을 저지르고 만다. 그들이 그때까지 참은 것은 그렇게 하면 좀 더 고상하게 보일 것이라고 착각했기 때문이다. 그들에게도 나쁘지 않은 것이 하나 있다. 즉 우둔한 자에게 현명한 자는 도움이 안 되지만 우둔한 자는 현명한 자에게 큰 소용이 되는 것이다. 한편으로 현명한 자는 우둔한 자를 보고 깨달음에 이르고, 다른 한편으로는 우둔한 자를 본보기로 자신을 훈련할 수 있기 때문이다.

195.

필요하면 이주移住하라. 어떤 민족은 더 나은 미래를 위해 이주한다. 재능이 뛰어난 사람에게 그의 조국은 계모와 같다. 그 재능이 싹튼 토양에는 질투가 팽배하기 때문이다. 또 사람들은 그 재능이 성장한 위대함보다 처음 싹텄을 때의 불완전함을 더 잘 기억한다.

낯선 것은 그것이 미지에서 왔거나 완성된 상태에서 수용되기 때문에 다 존경받는다. 한때는 자기가 살던 땅에서 경멸만 받다가 후에, 조국에서도 외국에서도 존경받는 사람들을 우리는 익히 보아 왔다. 자기 정원에서 늘 보아온 동상을 제단 위에 세울 만큼 훌륭하다고 생각하는 사람은 별로 없다.

196.

뻔뻔함이 아닌 지혜로 자기 자리를 마련하라. 높은 명망을 얻는 바른 길은 그에 맞는 업적을 쌓는 일이다. 근면이야말로 진정한 가치의 근원이다. 이를 통한 명성은 그 빛이 눈부시다. 흠결 없는 것만으로는 충분치 않다. 또 애만 쓰고 추진해 봐야 피곤하다. 그렇게 달성한 명망은 흙탕물을 맞아 추하다.

197.

뭔가 아쉬움을 남겨둬라. 완전한 행복은 불행해지기 쉽다. 모든 것을 가지면 실망이 오고 만족하지 못한다. 우리의 감성에게는 뭔가 알고 싶은 것이 아직 남아 있어야 한다. 그래야 호기심이 생기고 희망이 되살아날 수 있다. 칭찬을 할 때도 완전한 만족을 주지 않는 것이 수완이다.

더 이상 원할 것이 없으면 모든 것이 두려워진다. 이 얼마나 불행한 행운인가. 소망이 그치는 곳에서 바로 두려움이 시작된다.

198.

우둔해 보이는 사람은 모두 우둔하고, 그렇게 보이지 않는 사람들의 절반도 우둔하다. 세상은 어리석은 자들로 가득 차 있고, 혹 그 안에 지혜가 있더라도 이는 천상의 지혜와 비교하면 우매함에 불과하다. 그러나 진짜 바보는 자신은 바보가 아니고 남들이 바보라고 생각하는 자이다. 진정 현명한 자는 현명하게만 보여서는 안 된다. 특히 자기 자신에게 그렇게 보여서는 더욱 안 된다.

자기가 안다고 생각하지 않는 자가 아는 자요, 다른 사람들이 보는 것을 보지 못하는 자는 보는 자가 아니다. 비록 세상이 우둔한 자들로 온통 넘치지만, 자기가 바보라고 생각하거나 한 번이라도 의심하는 자는 아무도 없다.

199.

말과 행동이 완전한 인간을 만든다. 입으로는 훌륭한 것을 말하되 행동은 영예롭게 하라. 전자는 두뇌의 완성을 후자는 마음의 완성을 나타낸다. 둘 다 고상한 정신에서 나온다. 말은 행동의 그림자다. 말이 여성적이면 행동은 남성적이다. 말은 쉽고 행동은 어렵다. 칭찬하는 사람보다 칭찬받는 사람이 돼라.

행동이 삶의 본질이면 말은 그 장식품이다. 행동은 뒤에 남지만 말은 덧없는 것. 행동은 생각의 결실이니, 생각이 지혜로우면 행동은 성공적이다.

200.

자기 시대의 위인들을 알라. 이는 많지 않다. 세기의 불사조, 위대한 장군, 웅변가, 현인, 위대한 왕들, 평범한 것은 일상적이다. 뛰어나고 위대한 것은 완전성을 요구하므로 모든 면에서 그 수가 적을 수밖에 없다. 그것이 고상하면 고상할수록 최정상에 도달하기는 더욱 어렵다.

201.

　쉬운 일은 어렵게, 어려운 일은 쉬운 일처럼 하라. 전자는 자부심이 나의 나태함을 막고, 후자는 소심함이 나의 용기를 빼앗는 것을 막는다. 어떤 일을 끝내지 않고 내버려두는 것을 막기 위해, 그 일을 마치 이미 해버린 듯 바라볼 필요가 있다. 반대의 경우도 마찬가지다.

　노력하면 불가능한 일도 가능해진다. 큰 책임조차 두려워하지 않는 게 좋다. 어려움을 보고 지레짐작으로 우리의 행동력이 마비되어선 안 된다.

202.

　도처에 오합지졸이 있음을 알라. 오합지졸은 뛰어난 가문이나 보통 집안에도 있고 그 아래 더 열악한 천민이 있다. 이들의 성품은 언뜻 보통 사람과 비슷해 보인다. 마치 깨어진 거울 조각들이 모여 완전한 거울처럼 보이듯이, 이들은 해롭다. 그들은 어리석은 말을 하고 오히려 질책한다.

　무지無知의 제자이고, 어리석음의 후원자이며 험담의 동맹자들이다. 그들의 말을 대수롭게 여기지 마라. 그들의 생각은 더욱 별거 아니다. 그들에게서 벗어나려면 그들을 알아야 한다. 어리석은 것은 다 오합지졸 같은 것. 오합지졸은 늘 어리석은 자들의 구성체다.

203.

　무시할 줄 알라. 무엇을 얻으려면 그것을 대수롭지 않게 여기는 것도 한 방법이다. 사람은 보통 그것을 찾는 동안에는 그것을 얻지 못하고 그것을 중요시하지 않을 때 절로 우리 손에 쥐어진다.

　또 무시하는 것은 영리한 복수 방법이기도 하다. 자신을 붓으로 방어하지 말라는 현인의 충고가 있다. 그런 방어는 뒤에 흔적을 남겨 결국 적을 징계하기보다 그들에 대한 칭찬으로 바뀔 수 있다.

　직접 공을 세워 명성을 얻지 못하고 간접적으로 유명해지려고 훌륭한 사람들의 경쟁자로 나서는 것은 볼품없는 자들이 쓰는 가련한 술책이다. 훌륭한 사람들 중에는 만일 그들의 경쟁자들이 스스로 입을 열지 않았더라면 알려지지 않았을 사람도 많다.

　망각에 버금가는 복수는 없다. 망각은 상대방을 무無의 먼지 속으로 묻어버리고 만다. 중상모략을 무마하는 최고의 기술은 이를 무시하고 방치하는 것이다. 그에 대항해 싸워봤자 불리할 뿐이다. 명망을 해치고 적을 즐겁게 할 뿐이다. 작은 과실의 그림자조차 우리 명성의 빛을 흐리게 한다. 흐려진 명성은 그 빛도 멀리 비춰지지 않는다.

204.

　자제하라. 오랜 시간의 평정보다 한순간의 분노와 기쁨이 더 위험하다. 때로는 한순간에 일어난 일이 평생의 수치가 될 수 있다. 타인의 악의는 때로 그대의 이성을 그런 식으로 시험한다. 그것은 그대의 정신 깊은 곳을 탐지해 내고 아주 뛰어난 그대의 머리라도 궁지로 몰 수 있는 비밀 도구를 사용한다. 한마디를 내뱉는 사람은 이를 대수롭지 않게 생각하지만 그것을 듣는 사람은 이를 막중하게 여긴다.

205.

바보처럼 죽어서는 안 된다. 대부분 현자들은 분별을 잃으면 사그러들고 만다. 반면에 바보들은 좋은 충고를 많이 들으면 죽는다. 바보처럼 죽는다는 것은 너무 많은 생각에 짓눌려 죽는 것을 말한다. 어떤 사람들은 생각하고 느끼기 때문에 죽고, 어떤 사람들은 생각 안 하고 느끼지 못하기 때문에 산다. 후자는 고통 없이 죽기 때문에 바보요. 전자는 고통으로 죽기 때문에 바보다. 너무 분별이 많아 죽는 자도 바보다. 어떤 사람들은 분별이 있어서 죽고, 어떤 사람들은 분별이 없어서 산다. 많은 사람들이 바보처럼 죽지만 진짜 바보는 대개 그와 같은 방식으로 죽지 않는다.

206.

어리석은 일로부터 자신을 지키는 것이 중요하다. 이는 진실로 지혜로운 일이다. 어리석은 일들은 널리 퍼져 있어 그 세력이 크다. 자기 개인의 어리석음은 피할 수 있어도 일반 대중의 어리석음을 피하기는 어렵다.

자신의 운명이 좋아도 이에 만족하지 못하고 자기 판단이 나빠도 이에 만족하듯, 대중의 어리석음에도 천박한 편견이 있다. 자기 것에 만족하지 못하고 남의 것을 부러워하는 것은 어리석기 이를 데 없는 짓이다. 사람들은 오늘 어제 지난 일을 칭찬하고, 여기 있는 사람은 여기 없는 것을 칭찬한다. 지난 것은 다 더 좋아 보이고 멀리 떨어진 것은 다 더 소중히 여긴다. 매사를 비웃는 자는 매사를 슬퍼하는 자와 마찬가지로 바보다.

207.

진실을 다룰 줄 알라. 진실은 위험한 것이다. 그래도 정의로운 사람은 진실을 말하는 것을 두려워하지 않는다. 그러니 이를 다루는 기술이 필요하다. 정신을 다루는 의사는 진실을 달콤하게 만드는 법을 생각했다. 만일 그것이 그릇되면 가장 쓴 약이 될 수 있으므로.

여기서 좋은 기교와 수법을 지니고 있으면 그 수완을 발휘할 수 있다. 같은 진실이라도 어떤 자에게는 아첨이 되고 어떤 자에게는 호된 아픔이 될 수 있다. 이미 지난 일을 돌이켜보고 현재의 일을 말할 수 있어야 한다. 진실을 이해할 줄 아는 사람에게는 눈 한 번 깜박이는 것만으로도 통한다. 그러나 어떤 짓을 해도 통하지 않을 때는 침묵이 엄습할 뿐이다.

208.

천상에는 기쁨이 지옥에는 고통이, 그 중간인 우리의 세상엔 두 가지 모두가 다 있다. 운명은 바뀌고, 늘 행복한 것도 늘 불행한 것도 없다. 이 세상은 무無다. 그 자체로는 아무 가치 없고, 오직 천상과 더불어 생각할 때만 가치가 있다. 운명의 바뀜에 태연한 자는 지혜로운 자다.

새로운 것은 현자의 일이 아니다. 우리 인생은 그 진행 속에서 연극처럼 뒤얽히다가 마지막에 다시 발전해 간다. 그러니 좋은 결과에만 마음을 두는 것이 현명하다.

209.

기술의 정수는 자신만 알고 있는 것이 좋다. 대가大家로 남기 위해서는 자신만의 기술이 있어야만 한다. 그리고 기술을 전달할 때도 그에 알맞은 기술이 있어야 한다. 결코 그 가르침의 원천을 모두 바닥내서는 안 되는 것이다. 그래야 자신의 명망을 지킴과 동시에 제자들은 나를 존중하며, 그들만의 새로운 기술을 터득하게 할 수 있다.

남의 마음을 사고 그들을 가르칠 때도 그 규칙은 꼭 지켜야 한다. 나의 정수로 경탄하게 만들고 철저하게 그것을 수행하라. 매사에 여분을 두는 것은 인생의 큰 처세훈이다. 지지 않기 위해서, 늘 존중받기 위해서.

210.

　반박할 줄 알라. 이는 무엇을 탐색하는 데 큰 기술이다. 스스로 말려들지 않고 남을 말려들게 하는 것이다. 남의 정열을 움직이게 하는 것은 효과적인 방법이다. 남의 얘기를 대수롭지 않게 여기는 듯한 술책은 남의 마음속에 감춰진 비밀을 캐낸다. 한 번씩 깨물 때마다 그의 마음속에는 단물이 나오고 그것이 혀에 닿고 마침내는 교활한 속임수의 망 속으로 떨어진다.

　신중한 자가 짐짓 지어낸 소극적 태도는 남들의 주의를 빼앗고 결국은 그들의 생각을 캐낸다. 일부로 의심을 보이는 것도 남들의 호기심을 자극하고 이용하여 원하는 것을 알아낼 수 있는 보조수단이다.

　때로는 교사에게 반박하는 것도 배우는 학생에게 좋은 기회가 된다. 교사는 열중한 나머지 자기도 모르게 학생을 진리의 더 깊은 곳으로 안내하기 때문이다. 즉 적당히 발을 들여놓고도 완성된 가르침을 교육받을 수 있는 것이다.

211.

하나의 우행愚行에서 또 다른 우행을 낳지 마라. 한 가지 어리석음을 고치려고 다른 어리석음을 저지르거나 한 가지 그릇된 일을 보상하려고 더 그릇된 일을 하는 경우가 가끔 있다. 악을 방어하는 것보다 더 나쁜 것은 이를 보호하려는 짓이다. 그리고 악보다 더 나쁜 것은 그 악을 감추지 못하는 일이다. 과오는 분별 있는 사람도 저지를 수 있다. 그러나 과오가 두 번 저질러서는 안 된다.

212.

간접적으로 활동하는 사람을 주의하라. 상대방의 의지를 마비시켜 이를 공격하려는 것은 중계자의 간계다. 이에 속으면 지는 것이다. 그자들은 의도하는 바를 얻기 위해 자기들의 진짜 속내는 감춘다. 이를 조심하지 않으면 그들의 수법은 성공하는 것이다. 이중의 의도를 갖고 접근하는 자를 경계하라. 그리고 그가 의도를 관철하려고 내세우는 변명을 조심하라. 하나는 진짜이고 하나는 가짜이다. 그러다가 그는 재빠르게 몸을 돌려 과녁의 중심을 맞힌다.

그런 자에게 먹히지 않기 위해 무엇을 양보하고 또 양보하지 않을 것인지 사전에 간파하라. 그리고 때로는 자신이 그를 파악하고 있음을 그에게 암시하는 것도 적절한 방법이다.

213.

　자신을 우아하고 명확하게 표현하라. 어떤 사람은 잉태는 쉬운데 출산이 어렵다. 명확함이 없이는 정신의 산물인 생각과 결심도 제대로 표출될 수가 없다. 사람들의 이해력은 많은 것을 담지만 적은 것밖에 내놓지 못한다. 어떤 사람은 자기가 생각하는 것보다 더 많이 말한다. 의지가 결단한 것을 오성은 표현한다. 둘 다 큰 장점이다.

　명민한 재능을 가진 머리는 찬사를 받고 혼탁한 머리는 아무도 그를 이해하지 못하므로 때로 존경을 받는다. 그러나 때론 평범한 것을 피하려고 너무 명확하려 들지 않는 것이 좋다. 자기의 말 속에 아무런 생각이 들어 있지 않을 때 어떻게 청중이 이해할 수 있겠는가.

214.

영원히 사랑하지도 미워하지도 마라. 오늘의 친구가 내일은 적이, 그것도 가장 나쁜 적이 될 수 있음을 명심하라. 이는 실제 일어날 수 있는 일이므로 예방책을 강구해 놓아야 한다. 우정의 변절자에게 무기를 주어 나중에 피비린내 나는 싸움을 걸어오지 않도록 조심하라.

반면에 적에게는 늘 화해의 문을 열어 두라. 그것도 가장 신뢰할 수 있는 관용의 문을. 너무 일찍 복수를 하여 나중에 고통을 받는 사람들이 많다. 그때 자신이 행한 나쁜 보복을 기뻐하던 마음은 곧 비탄으로 변한다.

215.

고집이 아닌 통찰력으로 행동하라. 모든 고집은 정신
력의 낭비요, 사물을 올바로 인도하지 못하는 아집의 산
물이다. 매사에 작은 분쟁을 일으키는 사람들이 있다. 인
간교제에 있어서의 싸움패들이다. 그들은 항상 이기려 한
다. 결코 평화로운 교제라는 것을 모른다. 그들의 거만은
파멸로 간다. 그들은 파벌을 조성하고 유순한 사람들을
적대시한다. 남들이 그들의 그릇된 의도를 알면 모두가
그들을 적으로 삼고 그 의도를 깨리니, 그들은 아무것도
이루지 못할 것이다.

그들은 비뚤어진 상식, 흉악한 마음을 갖고 있다. 이런
부류의 괴물들은 피해 가는 수밖에 별다른 방법이 없다.

216.

 사기꾼이라는 말을 듣지 않도록 할 것. 세상에 그런 교활한 인간들이 많을지라도 신중한 인간의 가치를 지녀야 한다. 자신이 겸허하면 모두의 마음을 얻게 된다. 그러나 정직함이 우둔함으로, 영리함이 악의가 되지 않도록 하라. 간계로 남의 두려움을 사기보다는 지혜로 남의 존경을 받아라. 솔직한 사람은 사랑을 받지만 속기도 쉽다. 남들에게 사기로 보이기 쉬운 것을 감추는 것도 수완이다.

 과거의 황금시대에는 솔직함이 일상적이었지만 현재 칼 같은 시대에는 악의가 일상적이다. 능력 있는 사람이라는 평판은 영예로운 것이며 신뢰를 준다. 그러나 사기꾼이라는 평판은 위험하고 조심해야 하며 불신을 야기할 뿐이다.

217.

사자털이 없으면 여우털이라도 걸쳐라. 자신의 계획을 관철하는 사람은 결코 명망을 잃지 않는다. 힘이 달리면 수완으로 해야 한다. 이 방법이 미흡하면 저 방법을 찾아라. 용기의 대로를 갈 수 없으면 간계의 옆길로라도 가라. 어떤 일을 달성할 수 없으면 그 일을 차라리 경멸하라.

218.

삼가하는 것이 현명하고 안전한 길이다. 혀는 야수와 같다. 한번 고삐가 풀리면 그것을 다시 잡아매기에는 매우 어렵다. 가장 삼가야 할 사람이 가장 그렇지 못할 때가 가장 나쁘다.

219.

특별한 사람인 체하지도, 경솔하게 그렇게 보이지도 마라. 어떤 사람들은 이상한 것으로 눈에 띈다. 제정신이 아닌 태도 같은 것이 그렇다. 이는 특출한 것이 아니라 결점이다. 외모가 특히 추해 알려지는 사람이 있듯이 태도가 별나게 상스러워 알려지는 사람도 있다.

220.

성미에 맞지 않는 일은 결코 하지 마라. 매사에는 양면이 있다. 가장 좋고 유리한 것도 칼날을 잡으면 고통이 되고, 적대적인 것이라도 그 손잡이를 잡으면 방패가 될 수 있다. 사람들은 처음에는 장점만 보고 기뻐했던 일들을 나중에는 한탄한다. 매사에는 유리한 쪽과 불리한 쪽이 있다. 그중 유리한 것을 골라내는 것이 수완이다. 그래서 어떤 사람들은 매사에 만족하고 어떤 사람들은 매사에 근심한다.

221.

자신의 결점을 알라. 아무리 훌륭한 사람이라도 단점
은 있다. 이 단점은 나쁜 습성이 되면 독재적인 힘을 갖
는다. 그러니 신중히 그에 맞서 싸워야 한다. 그 첫 단계
는 자신의 결점을 아는 것이다. 스스로 주인이 되려면 자
신도 철저히 알아야 한다. 먼저 자신 속의 나쁜 주동자를
굴복시키면 다른 것들도 자연히 자신을 따를 것이다.

222.

정중한 태도를 유지하라. 사람들은 실제 그들의 모습대로, 또는 하고 싶은 대로 말하는 것이 아니라 그들의 직무에 맞춰 말한다. 우리가 갖고 있는 것의 대부분과 최선의 것은 남들의 의사에 달려 있다. 남에게 예의를 보이는 것은 별로 돈을 들이지 않으면서 많은 도움을 가져온다.

사람은 말을 가지고 행동을 산다. 세상이라는 이 거대한 집 안에서 쓸모없는 것은 아무것도 없다. 아무리 하찮은 것이라도 아쉬울 때가 있게 마련이다.

223.

첫 인상에 너무 쏠리지 마라. 어떤 사람들은 귀에 들어오는 첫 번째 소식만을 믿고 그다음의 소리에는 무관심하곤 한다. 그러나 거짓은 늘 앞서가니 뒤따르는 진실에게는 관심을 쏟을 여지가 없다. 첫 번째 소식만으로 우리의 육안도 오성의 눈도 멀게 해서는 안 된다. 이는 빈약한 정신에서 오는 것이며 그것이 알려지면 파멸이다. 나쁜 사람들의 사악한 의도에게 기회를 주기 때문이다.

나쁜 마음을 가진 자들은 쉽게 믿는 사람들을 자기 패로 끌어들이려고 부산히 움직인다. 그러니 항상 두 번째, 세 번째의 소식에도 귀를 기울여라. 첫 인상에 굴복하는 것은 능력 부족을 말해주며 이는 열정에 가까운 것이다.

224.

험담하지 마라. 험담하는 자는 남의 명예를 더럽힌다는 오명을 산다. 결코 남을 교활하게 희생시키지 마라. 이는 혐오스럽다. 남을 험담하는 자는 역시 남의 험담을 듣는다. 그들의 수가 많으면 그는 굴복하게 되고 만다.

나쁜 것은, 기쁨이 되어서도 관심의 대상이 되어서도 안 된다. 중상자는 영원히 미움을 받는다. 나쁜 것을 말하는 자는 결국 더 나쁜 것을 듣게 마련이다.

225.

자신의 인생을 다룰 줄 알아야 한다. 쉼 없이 강행하는 삶은 피곤하다. 참된 지식을 얻으면 인생을 즐길 수 있다. 인생의 첫 여로는 죽은 자들과의 여흥으로 보내라. 우리는 인식하고 깨닫기 위해서 산다. 그러므로 진실한 책은 우리를 사람으로 만든다. 인생의 두 번째 여로는 산 자들과 보내면서 세상의 좋은 것을 보고 느끼고 찾아라. 좁은 땅 안에서는 모든 것을 다 발견할 수 없다. 세상을 창조한 하나님도 모든 것을 분배하여 때로는 풍요로운 것에 추한 것을 곁들여 놓았다. 인생의 세 번째 여로는 자기 자신 속에서 보내라. 이 최후의 행운은 철학을 하며 사는 것이다.

226.

제때에 눈을 떠라. 본다고 다 개안을 갖고 있는 것은 아니다. 자기 주위를 둘러본다고 다 보는 것은 아니다. 어떤 사람들은 더 이상 볼 것이 없을 때 보기 시작하여 제대로 사람이 되기도 전에 패가망신한다. 의지 없는 사람에게 이해를 심어 주기는 힘들고, 이해를 못하는 사람에게 의지를 심어 주기는 더욱 어렵다.

227.

절반만 완성된 일은 결코 남에게 보이지 마라. 시작의 단계에 있는 일은 아직은 완전한 형상을 갖추지 못하였으며, 이는 우리의 상상력 속에 쉽게 남는다. 무엇을 미처 완성하지 못한 단계에서 보면 그 기억은 오래 남아 비록 완성되더라도 그 완성의 묘미를 깬다.

위대한 사물은 단 한 번에 그 완벽함을 보여 줘야 한다. 어떤 일은 완벽하기 전에는 아무것도 아니다. 대가大家는 아직 미완성의 상태에 있는 자신의 작품을 결코 보이지 않는다. 자연 속에서 교훈을 배우라. 자연은 아직 보여 질 단계가 아니면 결코 빛 속에 드러내지 않는다.

228.

약간은 장사꾼 기질을 가져라. 거래할 줄 알아야 한다. 현자들은 속기가 쉽다. 그들은 뛰어난 일은 잘 하지만 일 상사에는 어둡다. 너무 고상한 일만을 생각하느라 하찮은 일에는 시간이 없기 때문이다.

남들이 다 아는 것을 모르면 경탄의 대상이 되든가 반대로 무식하다고 경멸 받기 십상이다. 그러니 현명한 자는 속지 않을 정도의 장삿속은 가져야 한다. 실제 활용할 수 없는 지식은 무슨 쓸모가 있겠는가. 사는 것을 이해하는 것이 참지식이다.

229.

담보 없이는 결코 명예를 남에게 맡기지 마라. 명예에 관한 일이 있을 때는 안전과 위험을 상대방과 똑같이 나누라. 결코 자신의 명예를 상대방에게 맡기지 마라. 피치 못할 경우에는 신중하라. 상대방과 서로 위험 부담을 나누고 그대에게 어떤 일이 생겼을 때, 상대방이 그대에게 불리한 증언을 하지 못하도록 하라.

230.

상대방의 취향을 파악하라. 그렇지 않으면 늘 곤혹이 따른다. 같은 내용이라도 어떤 사람에게는 아첨이 되고 어떤 사람에게는 모욕이 될 수 있다. 때로는 상대방을 기쁘게 하기보다 그를 불쾌하게 하는 데 더 큰 희생이 따른다. 상대방의 생각을 읽지 못하면 그를 만족시키기 어렵다. 그래서 칭찬인 줄 알고 한 것이 질책이 되어 벌을 받는 사람도 있다.

또 능변으로 남을 즐겁게 해주려다 험구가 되어 남의 기분을 그르치는 경우도 허다하다.

231.

간청할 줄 알라. 어떤 사람에게는 어려운 일이 어떤 사람에게는 쉬운 일이다. 어떤 사람은 한 번도 거절할 줄 모르는가 하면 어떤 사람은 거절만 한다. 이런 사람은 기회를 살펴야 한다. 그가 좋은 기분일 때 재빨리 그의 마음을 사로잡아라. 그에게 기쁜 날이면 그의 호의 역시 넘치는 날이다. 호의는 마음속에서 밖으로 넘쳐흐르는 것이니까. 그러나 다른 사람이 먼저 거절당했거나 슬픈 일이 있을 때는 그에게 접근을 삼가라.

232.

먼저 은혜를 베풀어라. 그리고 보상은 나중에 받아라. 이는 현명한 자의 수완이다. 미리 호의를 베풀면 이를 받는 자는 더욱 고마움을 느껴 더 큰 공적을 쌓을 것이다. 그러나 이것도 명예심이 있는 자에게만 가능하다. 비천한 마음을 가진 자에게는 미리 은혜를 베풀면 그에게는 제약이 될 뿐 박차가 되진 않는다.

233.

윗사람의 비밀에는 절대 끼어들지 마라. 자기의 추함을 보여주는 거울을 깨버리는 사람은 많다. 또 우리를 진심으로 파악한 자를 우리는 즐겨 보려 하지 않는다. 나를 반겨 맞지 않는 자는 나도 역시 반기지 않는다. 결코 누구라도, 특히 권력 있는 자에게는 그들의 비밀을 캐는 무거운 채찍을 가하지 마라.

세상에서 가장 위험한 것이 우정에 대한 막연한 신뢰다. 남에게 자신의 비밀을 털어놓는 사람은 자신을 그의 노예로 만들고 만다. 그러니 남의 비밀을 듣지도, 나의 비밀을 말하지도 마라.

234.

　자신에게 부족한 성품이 무엇인지 곰곰이 생각해보라. 작은 단점 하나만 고치면 능히 많은 일을 해낼 수 있는 사람들이 있다. 그들에게 대부분 부족한 것은 진지함이다. 이는 큰 능력을 무색하게 만든다. 친절이 부족한 사람이 있는가 하면 행동력이 부족한 사람, 절제가 부족한 사람이 있다. 사람은 자신을 조금만 돌이켜보면 이런 결점들을 쉽게 물리칠 수 있을 것이다. 선천적인 것에 주의를 기울이면 거기에서 제2의 천성을 만들어 낼 수 있다.

235.

지나친 재치는 금물이다. 지혜로운 것이 더 중요하다. 많이 아는 것은 섬세하고 이해력을 가지게 되어서 좋으나 수다쟁이가 되어서는 안 된다. 너무 지나친 표현은 이미 싸움거리가 된다. 필요 이상으로 많이 생각하는 것보다 차라리 고지식하고 단순한 머리가 더 낫다.

236.

어리석음을 이용할 줄 알라. 가장 현명한 사람도 때로는 이 카드를 내놓는다. 아무것도 모르는 것처럼 보이는 사람이 가장 좋은 지식을 갖고 있는 경우도 있다. 우둔한 사람들 앞에서 현명한 체하는 것은 별로 도움이 안 된다. 그러니 누구에게나 그 사람에게 맞는 언어로 이야기하라.

어리석은 체하는 사람이 둔한 것이 아니라 어리석음을 고통스러워하는 자가 둔한 자다. 남의 호의를 입는 유일한 방법은 동물의 단순한 털로 자신을 감추는 일이다.

237.

농담을 받아들일 줄 알라, 그러나 남용하지는 마라. 전자는 일종의 예절이지만, 후자는 문제를 야기할 수 있다. 축제날 기분이 상하는 자는 야수처럼 될 수 있다. 좋은 농담은 분위기를 살린다. 이를 받아들일 줄 아는 자는 상식이 있는 사람이다. 그것에 흥분하는 사람은 다른 사람들도 흥분하게 만들고 만다.

그러니 더 나은 것은 농담을 받아들이지 않는 것. 최선책은 농담을 알아차리지조차 못하는 것이다. 심각한 일들은 늘 농담에서 시작된다. 농담을 하기 전에 그 농담을 받아들일 상대방이 이를 견뎌 낼 수 있을지 없을지를 먼저 알아봐야 한다.

238.

성공했을 때 계속하여 추구하라. 사람들은 시작할 때 힘을 다 소모하고 끝까지 완성하지 못한다. 고안은 하지만 완성은 못한다. 이는 변덕스런 사람이다. 이는 인내심의 부족에서 온다. 성급함은 스페인 사람들의 흠이요, 끈기는 벨기에 사람들의 장점이다. 어려움을 극복할 때까지 사람들은 혼신을 다해 일하다가도 일단 성공하고 나면 이에 만족해 일을 끝까지 마치지 못한다. 그렇게 할 수 있음에도 불구하고 하려 하지 않는 것이다. 이는 능력의 부족이 아니라 경솔하기 때문이다.

239.

늘 순진하지만 말고, 뱀 같은 유연함과 비둘기 같은 순진함을 골고루 구비하라. 정직한 사람처럼 속이기 쉬운 사람은 없다. 거짓말 안 하는 사람은 쉽게 믿고, 속이지 않는 사람은 쉽게 남을 신뢰한다. 그러나 어리석어서가 아니라 호의로 속아 주는 사람도 있다.

속임수를 피하는 데 능숙한 두 종류의 사람이 있다. 경험 있는 사람과 교활한 사람이다. 경험 있는 자는 속임수에서 빠져나오려 하고 교활한 자는 일부러 그 속임수로 빠져 들어가 준다.

240.

어떤 사람들은 특정 대상을 마치 자기가 베푼 은혜처럼 보이게 하는 수완을 가지고 있다. 자기가 받은 이익을 남의 이익처럼 보이게 하고 마치 자기가 남을 위해 봉사한 것처럼 교활하게 꾸민다. 그들은 또 남이 자기에게 베푼 호의를 남이 자기에게 당연히 줄 의무가 있는 것으로 받아들인다. 이는 훌륭한 수완이다. 그러나 더 훌륭한 것은 이런 어리석은 거래를 하지 않고 각자에게 맞는 영예를 돌려주는 일이다.

241.

독창적 생각을 가져라. 이를 표현할 줄 아는 사람은 뛰어난 정신의 소유자다. 반박하지 않는 사람만을 소중히 여겨서는 안 된다. 그런 사람은 우리를 사랑하는 것이 아니라 자신만을 사랑한다. 때로는 탁월한 것을 질책하는 사람들에게 질책당하는 것을 영예로 생각하라.

우리의 일이 모든 사람의 마음에 든다면 이는 매우 서글픈 일이다. 그 일은 전혀 쓸모가 없다는 뜻이기 때문이다. 정말 탁월한 일은 소수의 사람들에게만 적응되는 일이다.

242.

변명할 필요가 없을 땐 굳이 변명하지 마라. 스스로 변명하는 것은 잠자고 있던 상대방의 불신을 깨우는 일이다. 영리한 사람은 남의 의심을 눈치채지 못한 척한다. 이는 일부러 골칫거리를 뒤적이는 것과 같다. 변명보다는 자신의 올바른 행동으로 이를 다시 반증하라.

243.

반대로 추론推論하라. 특히 남이 나에게 나쁜 일을 말할 때 그렇게 하라. 사람들의 말을 모두 반대로 받아들여야 하는 경우가 있다. 그들이 수긍하는 것은 나쁜 것이고 그들이 반대하는 것은 좋은 것이기 때문이다. 누가 어떤 일에 대해서 불리하게 말하는 것은 그가 이것을 좋게 보고 있다는 뜻이다. 그 자신이 갖고 싶기 때문에 남에게는 나쁘게 말하는 것이다. 또 무엇을 칭찬한다고 그것을 꼭 좋게만 보는 것은 아니다. 많은 사람들은 좋은 것을 칭찬하지 않으려고 나쁜 것을 칭찬하기 때문이다.

244.

수단을 이용하라. 인간적인 수단은 지극히 인간적인 수단으로, 천상天上의 수단은 지극히 천상의 수단답게 이용하라. 이는 대가의 처세훈이다. 다른 해석이 필요 없다.

245.

거만한 자, 고집쟁이, 바보들에게도 늘 예의를 보여라. 사람은 많은 사람들과 부딪힌다. 그들과 대적하지 않는 것이 현명하다. 안전한 것은 그들과 거리를 두는 일, 또 그들이 꾸미는 일을 일부러 못 본 체하는 것도 영리한 수법이다. 매사를 예의로 감싸버리면 그런 사람들이 꾸며내는 온갖 복잡한 일에서 간단히 벗어날 수 있다.

246.

자신에게도 타인에게도 완전히 속하지 마라. 둘 다 비열한 독재자와 같다. 자신만을 위하는 사람은 모든 것을 혼자만 가지려 한다. 이런 부류의 사람은 하찮은 일에도 결코 양보하지 않고 자기에게 이로운 것은 조금도 희생하려 하지 않는다. 때로는 남이 나에게 속하도록 나도 남에게 속할 줄 알라.

공직에 있는 사람은 공적인 노예가 되어야 한다. 반면 남에게만 속하는 사람이 있다. 그들의 어리석음이 지나쳤기 때문이다. 이들은 한시도 자신을 생각하지 않고 지나치게 남을 생각하기 때문에 모든 사람의 공복이란 말을 듣는다. 이것이 지나치면 그들은 분별력을 잃고 남을 위해서는 매사를 알되 자신을 위해서는 아무것도 모르는 자가 된다.

신중한 자라면 사람들이 그를 찾는 것이 아니라 내면의 이익을 찾는다는 것을 알아야 한다.

약간은 모호한 구석을 지니는 것도 좋다. 사람들은 이 해하는 것은 대수롭지 않게 여기고 파악하기 힘든 것을 숭배한다. 무엇을 소중히 여기려면 노고가 깃들어야 한 다. 그래서 잘 이해되지 못하는 자가 유명해진다. 사람은 필요 이상으로 현명하고 영리하게 보여야 한다. 그래야 사람들의 평판도 높아진다.

통찰력 있는 사람들에게는 생각과 분별이 중요하지만, 대개의 사람들에게는 남들에게 자신을 감추는 치장이 필 요하다. 깊이 숨겨진 것은 경외심을 일으키기 마련이다.

248.

작은 재앙이라도 결코 가볍게 보지 마라. 행운이 혼자서 오지 않듯이 재앙도 결코 혼자서만 오진 않는다. 그러니 불행이 잠자고 있을 때는 이를 깨우지 마라. 조금만 그 불행 속으로 빠져들어도 그 끝이 어딘지 알 수 없기 때문이다. 행복이 결코 다 실행되지 못하듯이 재앙도 결코 밑바닥을 치진 못한다. 하늘이 우리에게 내려주는 일에는 인내를 갖고, 이 지상에서 우리에게 일어나는 일에는 지혜를 갖고 대하라.

249.

좋은 일을 하라. 하지만 한꺼번에 다 하려고 해서는 안 된다. 남들에게 호의를 베풀 때는 결코 그들이 되갚을 수 없을 만큼 지나치게 베풀지는 마라. 너무 많은 것을 주면 이는 베푸는 것이 아니라 파는 것이다. 또 남이 이를 알아주기를 바라지도 마라. 분수에 넘게 베푸는 것을 알면 그는 교제를 끊을 것이다. 사람들은 지나치게 주려다가 다 잃고 만다.

이를 받는 사람들은 그 부담을 두려워하여 몸을 삼가고 마침내는 은혜 입은 자에게 적으로 등을 돌린다. 그러니 주더라도 남이 갈구하되 부담이 적은 것을 주는 것이 수완이다.

250.

결코 절교하지 마라. 한 번의 절교로 명망은 많은 상처를 입을 수 있다. 떨어져나간 친구는 치명적인 적이 될 수 있다. 그들은 상대방의 과실을 드러내 보이면서 자신의 과실은 덮기 때문이다. 누구나 자기가 원하는 대로 보고, 보이는 대로 말한다. 상대방이 나를 질책하면 이는 내가 애초에 주의가 없었거나 끝내 인내심이 부족했기 때문이다.

친구와 결별할 때가 오면 우정이 저절로 식도록 하라. 이는 서로 분노를 폭발하며 절교하는 것보다 낫다.

251.

　불행을 같이 나눌 사람을 구하라. 그러면 위험에 처해도 혼자이지 않고, 증오도 혼자서만 감당하지 않아도 된다. 사람들은 위에서 내려오는 영예를 혼자서만 간직하려다가 나중에 공적인 불만을 혼자서 몽땅 짊어지는 수가 있다. 운명도 대중도 두 사람을 한꺼번에 공격한다는 것은 어렵다.

　그래서 현명한 의사는 환자의 치료에 실패를 해도 그 환자의 시체를 넣은 관을 밖으로 같이 들어내 줄 사람을 필요로 하는 것이다.

252.

　모욕이 될 만한 것을 먼저 칭찬으로 바꿔라. 모욕을 피하는 것이 복수하는 것보다 현명하다. 적수가 되려는 사람을 신임자로 만드는 것은 참으로 영리한 일이다. 오히려 그에게 많은 호의를 보여 그의 입에서 모욕 대신 감사의 말이 넘치도록 하라. 불쾌한 것을 유쾌함으로 바꾸는 것은 인생을 살 줄 안다는 것이다.

253.

상대방이 내 것이 아니듯, 나도 상대방의 것이 아니다. 친구 간에도, 친척 간에도, 아무리 서로 은혜를 입은 사이라도 서로를 완전히 소유할 수는 없다. 왜냐하면 신뢰하는 것과 호의를 보이는 것은 다르니까. 아무리 가까운 사이라도 예외는 있으며, 그렇다고 우정에 금이 가지는 않는다. 친구도 그만이 간직한 비밀이 있고, 심지어 아들도 아버지에게 감추는 일이 있다.

어떤 일은 알리고, 어떤 일은 감춰야 한다. 상대방에 따라서 같은 일이라도 감출 것과 알릴 것을 구별할 줄 알아야 한다.

254.

어리석은 짓을 계속하지 마라. 어떤 사람들은 한번 잘못한 일을 계속 의무로 알고, 한번 내디딘 길은 계속 가는 것이 결단력을 보이는 것이라고 오인한다. 그들은 처음 일을 시작할 때는 사려가 깊지 못하다고 질책을 받지만, 그 일을 계속 해나가는 동안 어리석다고 경멸을 받게 된다.

255.

잊어버릴 줄 알라. 잊을 줄 아는 것은 기술이라기보다 행운이다. 사람들은 가장 잊어버려야 할 일을 가장 잘 기억한다. 기억은 우리가 필요로 할 때 비열하게 우리를 떠날 뿐 아니라, 가장 원하지 않을 때 끈질기게도 우리에게 다가온다. 기억은 우리를 고통스럽게 하는 일에는 늘 친절하고, 우리를 기쁘게 해 줄 일에는 늘 태만하다.

256.

기쁨을 주는 일은 소유하지 마라. 남의 일은 다칠까 봐 걱정할 필요도 없고 새로운 맛도 있으므로 이중으로 즐길 수 있다. 무엇을 소유하면 그에 대한 즐거움은 줄어들고 싫증은 늘어난다.

257.

하루도 태만하게 보내지 마라. 운명은 장난을 즐겨해 모든 일을 우연으로 보이게 하다가 갑자기 우리를 급습한다. 우리는 늘 만반의 준비를 갖추고 언제 닥칠지 모르는 운명의 습격에 대비해야 한다. 미모도 마찬가지다. 걱정 없이 무심코 보내는 날, 미모는 서서히 추락하고 말 것이다.

교활한 의도를 가진 적은 상대방의 완벽함조차 그것이 부주의할 때 단호하게 시험하려 한다.

화려한 축제의 날은 누구나 다 알고 있다. 그래서 운명의 농간은 이 날을 지나친다. 그리고 가장 준비가 되어 있지 않은 날을 택해 느닷없이 우리를 시험대에 올려놓는 것이다.

258.

자신의 명예를 모험하라. 익사의 위기에 처한 수영 선수가 마구 발버둥치듯이, 어쩔 수 없는 상황에서 취한 행동으로 일약 유명해진 사람들이 많다. 위험한 순간이 우리에게는 명성을 떨칠 기회가 될 수도 있는 것이다. 그러니 자기의 명예를 모험하는 사람은 수천 명 몫의 용기를 갖고 있다. 이사벨라 여왕*도 이를 알고 있었기에 그녀의 주위에 많은 영웅들을 만들어 낼 수 있었다.

---

* 이사벨라 여왕(1451~1504). 카스틸리아 레온과 아라곤의 여왕. 1469년 아라곤의 페르디난드 2세와 결혼한 그녀는 이를 계기로 스페인 왕국의 탄생에 주춧돌을 놓았으며, 콜럼부스의 아메리카 대륙 탐험을 적극 후원하였다.

259.

　너무 마음이 좋은 듯 약하게 보이지 마라. 이러한 사람은 결코 화낼 줄 모른다. 이는 타성에서 오는 것이 아니라 무능력에서 오는 것이다. 적당한 때에 감응을 보이는 것은 바로 자신을 드러내는 것이다. 새들도 허수아비를 조롱할 줄 안다.

260.

　달콤한 말. 고운 말, 친절하고 다정한 마음, 화살은 몸을 찌르고 악담은 심장을 찌른다. 천냥 빚도 말로 갚을 수 있고, 불가능한 것도 말로 해결할 수 있다. 언제나 입 안에 사탕을 물고 달콤한 말을 만들어내라. 적에게조차 달콤하도록. 상대방의 호감을 사는 유일한 방법은 평화적 자세를 취하는 것이다.

261.

바보가 마지막에 하는 일을 현명한 자는 처음에 한다. 둘 다 같은 일을 하지만 때가 다르다. 전자가 좋지 않을 때 하는 것을 후자는 제때에 하는 것뿐이다. 이성이 뒤틀린 사람은 일을 매번 바꿔 한다. 왼쪽 일을 오른쪽 일로 만들고, 오른쪽 일을 왼쪽으로 만든다.

262.

스스로의 참신한 면을 활용할 줄 알아야 한다. 사람은 참신한 동안에는 호평을 듣는다. 그러나 새로운 것의 광희는 그 수명이 짧다. 처음 좋은 평을 받은 것을 잘 이용하여 그 바람 같은 찬사가 사라지기 전에 재빨리 자기가 노리는 것을 붙들어야 한다.

263.

　많은 사람들이 선호하는 것을 너무 간단히 비난하지
마라. 좋은 것은 여러 사람의 마음에 드는 것이다. 그 이
유가 뭔지 몰라도 사람들은 이를 즐긴다. 홀로 떨어져 비
난하는 자는 늘 의심스럽고 우스꽝스럽다. 그러한 행동
은 그가 비난하는 대상을 의심하게 하는 것이 아니라 그
자신의 판단을 의심하게 한다. 그런 자는 자기 취향에 빠
진 채 고립되고 만다.

　좋은 것을 찾아낼 수 없을 때, 자신의 무능력을 감추려
고 사물을 무조건 비난하지 마라. 모든 사람이 말하는 것
은 말하는 그대로이거나 그렇게 되기를 바라는 것이기 때
문이다.

264.

모를 땐 가장 안전한 것을 붙들어라. 그러면 멋은 없을지 몰라도 든든할 수 있다. 잘 모르면서 위험을 감행하는 것은 스스로 파멸의 길로 가는 것이다. 항상 옳은 것을 잡아라. 이미 확고한 것은 그르칠 염려가 없다. 잘 알거나 잘 모르거나 항상 안전한 것이 유난히 다른 것보다 낫다.

265.

지닌 것을 정중하게 주어라. 그러면 그대는 많은 것을 받을 수 있다. 사람은 그냥 예절을 표시하는 것이 아니라 그로써 남에게 감사의 의무를 지우게 하는 것이다. 고상한 덕은 큰 감사를 불러일으킨다. 정직한 사람에게는 남이 그에게 선사하는 것보다 더 값비싼 것이 없다. 이를 받으면 그는 동시에 두 가지를 사게 된다. 하나는 그가 받는 물건이오, 다른 하나는 예의다.

그러나 생각이 비천한 사람에게 고상한 덕은 헛소리에 불과하다. 그러한 사람은 예절의 언어를 알아듣지 못하기 때문이다.

266.

관계되는 사람들의 마음을 파악하라. 그래야 그들의 의도를 알 수 있다. 원인을 제대로 알면 동기도 결과도 쉽게 알 수 있다. 심성이 우울한 자는 늘 불행한 일을, 사악한 자는 늘 범죄를 예견한다. 그들은 최악의 일만 상상할 뿐, 일상의 좋은 일은 감지하지 못한다. 열정적인 사람은 늘 사물의 본질에서 동떨어진 알아들을 수 없는 말만 한다. 이는 그의 열정에서 나오지 오성에서 우러나오는 말이 아니다. 이렇게 모두가 자기 기분에 따라 이야기하고 진실에서는 멀어진다. 늘 웃는 자는 바보요, 전혀 웃지 않는 자는 위선자임을 알라. 늘 묻는 자도 조심하라. 그는 경솔한 사람이 아니면 염탐꾼이다. 볼품없는 사람에게서도 기대하지 마라. 이런 자는 자연스러운 것에 복수를 가하고 누가 자기에게 경의를 표해도 그는 경의를 보이지 않는다.

267.

매력을 지녀라. 능란한 예절을 지니고 있는 자는 매력을 갖고 있다. 이 힘을 가지고 있으면 실제 이익과 함께 남의 호의도 끌 수 있다. 호의가 따르지 않는 공격만으로는 성공할 수 없다. 분발은 남을 지배할 수 있는 효과적 도구지만 이에도 행운이 따라야 한다.

268.

품위에 지장이 없는 한 동조하라. 자신을 항상 대단히 여기고 남에게 적대할 필요는 없다. 일반의 호감을 사기 위해 자신의 위엄을 조금 낮춰도 아무런 지장 없다. 대부분의 사람들이 선호하는 것을 좋아하라. 그렇다고 품위를 잃어선 안 된다. 사람은 오랫동안 애써 모은 것을 어느 한 순간 모두 날려버릴 수 있기 때문이다. 자신을 고립시키지는 마라. 또 너무 진지한 체하지 마라. 종교적인 진지함조차도 역겹고 우스꽝스러울 때가 있다.

269.

자연의 힘으로 또 인위적으로 자신의 정신을 새롭게 하라. 사람의 심성은 7년마다 변한다고 한다. 그러니 자신의 취향을 개선하고 더 고상하게 가꾸어라. 처음 태어나 7년이 지나면 사람의 정신에는 분별력이 생긴다. 그리고 나서 매번 7년이 지날 때마다 새로이 완성된 품성이 들어선다. 이 자연적인 변화를 주시하고 이를 애써 도와주라. 20세에 이르면 공작이오, 30세에는 사자요, 40세에는 낙타, 50세에는 뱀이오, 60세에는 개, 70세에는 원숭이가 되고, 80세엔 아무것도 아니다.

270.

나 자신의 뛰어난 부분을 숨기지 마라. 이는 재능이 각광을 받을 수 있는 기회다. 누구에게나 이런 기회는 온다. 붙잡아라. 모든 날이 다 승리의 날이 될 순 없다. 화려하게 자신을 과시하는 사람에게는 하찮은 것도 그럴듯해 보이고, 중요한 것은 더욱 찬란하게 빛난다. 뛰어난 재능에 능력까지 더하면 기적과 같은 빛나는 명성을 획득한다. 화려한 과시는 많은 것을 메워 주고 보완하고 모든 살아 있는 것에 생명을 부여한다. 완벽한 것을 내려주는 하늘은 그것을 또한 완벽하게 배치한다. 둘 중 하나만으로는 충분하지 못하기 때문이다.

과시하는 데도 기술이 필요하다. 제때에 드러나지 못하면 이는 조악하다. 그렇다고 거짓치레를 해서는 안 된다. 그것이 허영과 경멸스러움 때문에 한계를 드러내면 실패하고 말 것이다. 비속하지 않도록 절제를 해야 한다. 지나침은 금기다. 때로는 자신의 완벽함을 드러낼 수 있다. 그런 식의 노련한 은폐가 진짜 효과적인 과시가 될 수 있다. 무관심이 호기심을 자극할 수 있기 때문이다. 또 완벽함 전체를 한 번에 드러내지 않고 조금씩 점차로 보여주는 것도 노련한 수완이다. 모든 빛나는 업적은 더

큰 업적의 담보가 되어야 하고, 모든 찬사 속에는 다음
찬사에 대한 기대가 있어야 한다.

271.

어떤 휘장徽章도 달지 마라. 장점도 그것이 휘장으로 쓰
이면 과시가 될 수 있다. 휘장은 별난 일에 대해 수여되
는 것이며 그것을 단 별난 사람은 소외되기 쉽다. 미모조
차도 그것이 넘쳐흐르면 품위가 감소된다. 이미 좋지 않
은 평판으로 나쁜 결과를 가져온 별난 일들이 얼마나 많
은가. 통찰력조차도 지나치면 수다스러움이 될 수 있다.

272.

적대자에게 대적하지 마라. 상대방의 적대심이 계략에
서 기인하는지 비열함에서 나오는지 구분해야 한다. 그
리고 이에 휩쓸리지 않도록 유의하라. 첩자를 경계하는
것보다 더 훌륭한 반대 계략은 없다.

273.

부재^{不在}함으로써 자신의 평판을 유지하라. 자리에 있으면 명성이 줄고 자리에 없으면 명성이 늘게 된다. 자리에 없을 땐 사자처럼 평판을 받던 사람도 자리에 있으면 강아지 꼬리 정도로밖에 취급당하지 않는 수도 있다. 실제 얼굴을 대할 때보다 상상력이 평판을 더 좌우한다. 그리고 사람들의 착각은 들어갈 때 귀로만 듣고 나올 때야 비로소 눈으로 본다. 늘 자신을 좋은 평판 한가운데에 놓는 사람만이 자신의 명망도 지킨다.

274.

건실한 사람. 이 세상에서 올바른 거래는 이미 끝이 났고, 진실은 거짓으로 간주된다. 좋은 친구는 찾아보기 힘들고, 최고의 봉사로도 최저의 대가밖에 받지 못한다. 이것이 오늘날 세상의 관습이다. 남들의 그릇된 행동을 따를 것이 아니라 경계해야 한다. 하지만 그런 값어치 없는 일들을 보노라면 우리의 정직성이 흔들린다. 그러나 건실한 사람은 남들이 어떤 사람인가보다 자신이 누구인가를 결코 잊지 않는다.

275.

지혜로운 사람의 호의를 사라. 뛰어난 사람의 미지근한 승낙이 일반 대중의 극찬보다 낫다. 지혜로운 자는 통찰하여 말하니 그들이 하는 칭찬은 결코 고갈되지 않는 만족의 근원이 되기 때문이다.

276.

창의력을 지녀라. 이를 가진 자는 천재다. 창의가 천재의 일이라면 적절한 선택은 이성을 지닌 자의 일이다. 창의는 하늘이 주는 재능이며 그 수는 매우 드물다. 좋은 선택은 많은 사람들이 할 수 있지만 훌륭한 창의는 소수의 사람들에게만 가능하다.

277.

주제넘게 나서지 마라. 무시당할 것이다. 존경받고 싶으면 스스로 존중하라. 밀고 나가기보다는 끌어당겨라. 원할 때 가라. 그래야 도착해도 그들의 환영을 받는다. 부르지 않을 때는 가지 마라. 그러면 그들이 환송하지 않아도 떠나야 할 것이다.

일을 감행하는 사람은 일이 잘못되었을 경우 모든 비난을 다 받고, 일이 잘 되더라도 아무도 그에게 고마워하지 않는다.

278.

남의 불행에 동조하지 마라. 불행의 늪에 빠져 구원을 청하는 사람을 조심하라. 그들은 불행을 같이 나누고 위로해주기를 원한다. 그들은 그대가 불행에 빠졌을 때는 등을 돌리다가 이제 와서 그대에게 도와달라고 손을 내어민다. 불행의 늪에서 익사 직전에 있는 그들을 위험을 무릅쓰고 돕기 위해서는 긴장된 주의가 필요하다.

279.

누구에게 어떤 것도 신세지지 마라. 그럴 경우 자신을 노예로, 그것도 모든 사람의 노예로 만들고 만다. 선물보다 자유가 훨씬 값진 것이니 이를 더 소중히 여겨야 한다. 사람들을 자기에게 의탁하게 만들기보다는 자기가 아무에게도 의지하지 않도록 하라. 특히 자기가 받는 친절을 꼭 호의로만 받아들이지 마라. 이는 타인의 의도적인 계략일 수도 있다.

280.

결코 흥분 상태에서 행동하지 마라. 그렇지 않으면 모든 것을 망칠 수 있다. 자신을 다스릴 줄 모르는 사람은 자신을 위해 행동할 수 없다. 그럴 경우 자신을 위해, 분별 있고 냉정한 이성을 가진 중개자를 내세워라. 연극에서도 관객은 차분하기 때문에 연기자보다 더 많은 것을 볼 수 있다.

281.

상황에 맞게 살아라. 행동도 생각도 상황에 맞게 해야 한다. 할 수 있을 때 추구하라. 시간과 기회는 기다려주지 않는다. 인생을 미리 짜놓은 법칙대로만 살아가지 마라. 그것이 아무리 고상한 미덕이라고 하더라도. 자신의 의지대로만 살아가지 마라. 그대가 오늘 버린 물을 내일 마셔야 할지도 모르니까.

282.

인간의 가치. 인간은 스스로를 인간으로 보이게 하는 때보다 더 그 가치를 잃게 되는 때가 없다.

283.

남의 존경과 사랑을 공유하기는 어렵다. 존경을 받기 위해서는 사랑을 받아서는 안 된다. 사랑은 증오보다도 그 가치가 덜한 것이다. 호감과 존경은 결합되기 힘들다. 두려운 존재가 되어서는 안 되겠지만 지나치게 사랑 받는 것도 좋지 않다. 사랑을 하면 신뢰하게 되고, 한 걸음 더 신뢰할 때마다 존경심은 한 걸음 더 후퇴한다. 차라리 사람들에게 존경을 받는 것이 그들의 헌신적인 사랑을 받는 것보다 낫다.

284.

　사람을 분석할 줄 알라. 영리한 사람의 분석력은 신중한 사람의 자제력과 맞먹는다. 낯선 사람을 분석하려면 고도의 두뇌가 필요하다. 다른 사람들의 심성과 성품을 아는 것은 인생에서 매우 중요한 일이다. 소리를 들어보면 그 쇠의 성분을 알 수 있듯이, 말들 들어보면 그 사람됨을 알 수 있다. 말은 사람의 올바른 정도를 나타내지만 그보다 그의 행동을 나타내는 표적이 된다.

285.

성품은 그가 지닌 직위보다 우월해야 한다. 그 반대가 되어서는 안 된다. 아무리 직위가 높더라도 자신을 늘 그 보다 더 높이 보이게 해야 한다. 포용력 있는 사람은 이를 해낸다. 위대한 아우구스트 황제도 자신의 명예는 군주로서 보다 인간으로서 더 훌륭한 데 있다고 보았다. 아울러 고상한 심성과 자신감이 더해진다면 이는 더할 나위 없이 좋을 것이다.

286.

성숙함에 대해서. 이는 외모도 빛나게 하지만 그의 인격을 더욱 빛나게 한다. 성숙함은 모든 능력에 앞서 위엄을 부여하고 존경심을 불러일으킨다. 인간으로서의 평정은 그의 정신의 얼굴이다. 이는 감정이 무딘 바보가 아닌 정숙하고 위엄 있는 사람에게서만 볼 수 있다.

성숙함은 완성된 인간을 만들어 낸다. 모든 사람은 그의 성숙 정도에 따라 완전한 한 인간이 된다. 사람은 어른이 되면서부터 진지함과 위엄을 갖추기 시작하는 것이다.

287.

뛰어난 사람을 만드는 세 가지 요소. 풍부한 재능, 깊은 성찰, 고상하고 쾌적한 취향, 이는 신이 준 최고의 선물이다. 옳게 파악하는 것은 중요하다. 옳게 생각하고 좋은 것을 통찰할 수 있는 것은 더 중요하다. 마치 살쾡이처럼 눈에서 광채가 쏟아져 어두운 곳에서도 사물을 예리하게 깨닫는 사람이 있다. 또 현재 무엇이 가장 중요한지 파악하고 곧장 그 일에 착수하는 사람이 있다. 그가 거두는 수확은 크다. 그러나 좋은 취향은 삶 전체에 향기를 부여한다.

288.

배고픔을 다 채우지 마라. 감로주의 술잔이라도 입술에서 떼어야 한다. 욕구야말로 소중한 가치의 척도가 되기 때문이다. 갈증이 나도 이를 가라앉히되 완전한 해갈은 안 된다. 좋은 것은 양이 적을수록 그 값어치가 배가된다. 상대방의 마음에 들려면 그의 구미에 갈증을 일으켜라. 또 한꺼번에 만족을 다 주지 마라. 지나치게 맛을 보이기보다 맛을 덜 보이는 것이 낫다. 그러면 그는 나중에 힘들어 얻은 행운을 곱절로 즐길 수 있을 것이다.

289.

자신의 의견을 타인의 그것과 절충하라. 누구나 자기 관심에 따라 의견을 갖고 또 그에 대한 충분한 이유가 있다고 생각한다. 그러나 서로 상반되는 두 개의 의견이 충돌하는 때가 있다. 두 사람 다 자기의 의견이 옳다고 주장한다. 이러한 경우 현명한 자는 좀 더 숙고하여 일에 착수한다. 상대방의 입장에 서서 상대방이 주장하는 이유를 살펴보라. 그러면 더 이상 고집을 피우며 상대방을 비난하거나 자기만 옳다고 하지는 않게 될 것이다.

290.

언제나 남이 보고 있듯이 행동하라. 남이 자신을 보고 있음을 보는 사람은 사려 깊은 사람이다. 그는 사방 벽에도 눈이 있음을 안다. 혼자일 때도 마치 온 세상이 자기를 주시하고 있는 듯 행동한다. 어차피 다 알게 될 일이라면, 그는 지금 세상 사람들 앞에 자신의 행동을 보여 그들을 자신을 위한 증인으로 삼는 것이다.

291.

고상한 품위를 지닌 사람. 뛰어난 성품이 뛰어난 인간을 만든다. 한 사람의 뛰어난 인간이 수많은 평범한 사람들보다 낫다. 신神 안에서는 모든 것이 무한하고 헤아릴 수 없듯이, 영웅도 모든 것이 위대하고 당당하다. 그의 모든 행동과 말이 위대함과 숭고함에서 넘쳐흘러 나온다.

292.

하는 척하지 말고 실제 그렇게 하라. 사람들은 자기들이 마치 매우 중요한 일을 하고 있는 것처럼 내세운다. 이유도 없이 매사를 아주 어리석은 방법으로 마치 신비로운 일인 양 꾸민다. 이야말로 웃기는 일이다. 사람은 자신의 장점을 결코 내세워서는 안 된다. 조용히 행동하고 남들이 그에 대해서 이야기 하도록 내버려두라. 자신의 행동을 보이되 이를 매도하지 마라. 영웅처럼 보이기보다 정말 영웅이 되려고 노력하라.

한마디로 성자^{聖者}가 돼라. 이 한마디로 모든 이야기는 끝났다. 미덕은 모든 완벽함을 서로 묶어 주는 끈이고 모든 행복의 중심점이다. 이는 사람에게 이성, 사려, 현명함, 판단력, 지혜, 용기, 성찰, 정직, 행복, 호의, 진실을 부여한다. 그리고 매사에 그를 영웅으로 만든다.

성스러움, 건강, 지혜, 이 세 가지는 사람의 행복의 조건이다. 미덕처럼 고귀한 것이 없고 악습처럼 혐오스러운 것이 없다. 미덕만이 진정한 것이고 나머지는 모두 농담거리다. 미덕만이 스스로 족하다. 이는 인간이 살아 있는 동안은 사랑할 가치가 있게, 죽은 후에는 기억할 가치가 있게 만든다.

작품 해설

　『세상을 보는 지혜』는 스페인 작가인 발타자르 그라시안
이 쓴 스페인 잠언집이다. 예수회 신부였던 그는 예술에 대
한 감각, 인간관계에 대한 통찰력 등에 대해 타고난 감각을
갖고 있었는데, 그것이 망라되어 있는 책이 바로『세상을 보
는 지혜』다. 이것을 쇼펜하우어가 스페인어에서 독일어로
번역하며, 새로이 구성하여 지금의 모습을 지니게 되었다.

　17세기에 지어졌지만, 지금도 유효한 교훈들이 이 책
곳곳에서 발견된다. 삶의 태도에 대한 것은 물론이고, 성
공, 행복에까지 인생을 살며 한번씩 생각할 법한 일들이
담겨 있는데, 눈에 띄는 것은 인간관계에 대한 교훈이 많
다는 점이다. 이를테면 이런 대목이 그렇다.

결점을 구태여 드러내지 말 것. 이는 완벽함을 위한 필수 조건이다. 육체적으로나 정신적으로 전혀 결점이 없는 사람은 없다.

소수처럼 생각하고 다수처럼 말하라. 역류를 헤엄치려 하면 과오를 범하고 위험에 처하기 쉽다. 사람들은 누가 자기들 의견에서 벗어나면 이를 모욕으로 간주한다.

오늘날의 사회에 적용해도 공감을 살 만한 대목도 보인다.

갈채 받는 직업을 선호하라. 거의 모든 일은 상대의 호의에 달렸다. 꽃에는 서풍이 필요하듯 재능에는 진가의 인정이 필요하다. 이는 호흡과 생명의 관계다. 일반인들에게 칭찬받는 관직이 있다. 또 그보다 중요해도 어떤 명망도 즐길 수 없는 관직도 있다. 전자는 모든 사람의 눈앞에서 이행되기 때문에 일반의 호의를 사고, 후자는 드물고 더 값어치가 있어도 소극적이어서 눈에 띄지 못한다. 존경은 받지만 갈채는 못 받는다.

발타자르 그라시안은 이 책에서 세상의 이치, 인간의 본질, 그 사이에서 절묘하게 균형을 이루고 있는 도덕성을 말하는 것으로 보이는데, 날카로운 통찰력으로 여전히 변치 않는 교훈을 우리에게 주고 있는 것이다.

세상은 빠르게 변한다. 정답으로 여겨졌던 많은 가치들이 틀린 답으로 드러나고 있다. 시간을 들일수록 좋다는 건 몇 가지에 한정된 가치가 되었고, 모든 대상을 진심으로 대해도 돌아오는 대접은 곱지 않다. 현명하게 삶을 꾸리고 싶은 이들에게 간절한 것은 통찰력 있는 기준들이다. 이 책에 실린 교훈들은 지나치게 감성적이지도, 지나치게 도덕적이지도 않다는 것이 그 특징이다. 공정하지만은 않은 세상의 본질을 꿰뚫어 보고, 그에 걸맞은 293가지 행동의 원칙들이 여기 실려 있다. 시간이 흘러도 변치 않는 삶의 기준들이 당신의 지혜로 체화되길 바란다.